幼なじみが絶対に負けないラブコメ

〔著〕二丸修一

〔絵〕しぐれうい

CONTENTS

幼なじみが絶対に負けないラブコメ

OSANANAJIMI GA ZETTAI NI
MAKENAI
LOVE COMEDY

11

［著］
二丸修一
SHUICHI NIMARU
［絵］
しぐれうい

プロローグ

＊

電車が止まり、車の音も少なくなった深夜。

照明を消した部屋は、月明かりによってぼんやりと照らされている。

そんな部屋の隅にあるベッドに横たわりながら、わたしは真っ白な天井を見上げていた。

『もちろん芸能界が、末晴《すえはる》お兄ちゃんの幸福と直結しているとは限りません。でもモモは一役者として、その才能を惜しみ、開花することを望みます。当然、末晴《すえはる》お兄ちゃんが真に才能が開花した際、その隣に立っていることがモモの夢です。だから末晴《すえはる》お兄ちゃんが高校卒業して役者を目指す場合、モモも学校を中退します』

『モモ……!?』

『そうしなければ、たぶん末晴《すえはる》お兄ちゃんに置いていかれてしまうので……。安心してください。モモはどこまでも末晴《すえはる》お兄ちゃんについていくことを約束します』

わたしは戻れない道に踏み込んでいることを感じていた。

元々時間はさかのぼれない。だから人生自体がそもそも戻れない道なのだろう。

でも今まで、わたしの末晴《すえはる》お兄ちゃんへの言動は、最悪――

『冗談です、てへっ☆』

とごまかすこともできた。

しかし、そんな後戻りできるような行動ではダメなところまで来ている。

『――ハルのこと、スキィィィィィィ！』

クリスマス。

黒羽《くろは》さんは体育館の壇上で告白した。

その不退転の勇気はわたしを戦慄させるのに十分なものだった。

黒羽《くろは》さんの怖いところはこういうとこだ。

運命が――末晴《すえはる》お兄ちゃんが横を向こうとすると、強引に首根っこを摑《つか》んで自分のほうへ向かせようとする腕力がある。

べきものを持っているからだろう。

計算できない部分なだけに、黒羽《くろは》さんと同等の警戒をする必要がある。もし白草《しろくさ》さんに黒羽《くろは》さんのような行動力があったらと考えると……想像したくない。きっと今ごろ末晴《すえはる》お兄ちゃんは白草《しろくさ》さんの手に落ちていただろう。

わたしは――

黒羽《くろは》さんのようにいつも傍《そば》にいて、狡猾《こうかつ》でとんでもない行動力があるわけでもなく――

白草《しろくさ》さんのように末晴《すえはる》お兄ちゃんの初恋の人で、不器用な健気《けなげ》さがあるわけでもなく――

ただいつも、様子をうかがうという理由で遅れている。

完璧な人間がいないように、二人に隙がないわけではない。

黒羽《くろは》さんは末晴《すえはる》お兄ちゃんと元々距離が近すぎて、それを打破するためにやりすぎてしまうことが多い。あと、おそらく持って生まれた特性として大きなチョンボを時々することがある。

白草《しろくさ》さんの弱点は臆病さとポンコツさだ。

二人にこのような弱点があり、しかもけん制し合って拮抗《きっこう》していたから、わたしは観察するだけの時間が取れた。

でも、わたしにも弱点がある。

わたしは静観してしまう。器用でこざかしいから、二人の弱点が露呈するようないいタイミングを見計ろうとし、それで遅れる。

黒羽《くろは》さんと白草《しろくさ》さんが告白したにもかかわらず、わたしが後れを取ってしまっているのはその静観癖があるからだ。

でもわたしはその癖を、短所であると同時に長所であるとも思っている。


——準備はできた。


黒羽《くろは》さんの大胆さと、白草《しろくさ》さんの用意周到さ。

遅れたからこそ、この二つを兼ね備えた告白の場をわたしは用意することができた。

わたしと末晴《すえはる》お兄ちゃんを繋《つな》ぐものは、やはり役者や芸能界だ。

これこそわたしにあって、黒羽《くろは》さんと白草《しろくさ》さんにないもの。

唯一の勝機が見出《みいだ》せる、か細い糸のような繋《つな》がりだ。

そこを最大限に利用する。

末晴《すえはる》お兄ちゃんは合宿で雛菊《ひなぎく》さんに負けた。だからこそ役者の道を強く意識している。

つまり今、わたしの懐《ふところ》に飛び込んできたに等しい。

「勝ちたい……。好きだから……」

末晴《すえはる》お兄ちゃん……。

わたしはあなたを愛しています。

たとえ、報われないとしても――

「でも、それでも……」

報われることを願っては、いけないでしょうか……？

眠れず、そっとベッドから起き上がる。

そしてベランダに出て、月の輝く春の夜空を見上げた。

第一章　みんなで撮影見学に行こう

＊

さわやかな風がビルの間を吹き抜けている。

ここはオフィス街の一角。中央部分が吹き抜けとなった洒落《しゃれ》た高層ビルの一階に、俺たち群《ぐん》青《じょう》同盟のメンバーは来ていた。

今、話題のドラマ『永遠の季節』。

そのゲストとして俺と真理愛《まりあ》に声がかかったため、今日は群青《ぐんじょう》同盟のメンバー一同とともに見学に来たのだった。

「へーっ、これがドラマの撮影現場っすかーっ！」

陸《りく》が熱っぽい声を発した。

群青《ぐんじょう》同盟のメンバーの中で一番強面《こわもて》でガタイがいいくせに、案外子供っぽいところがある。

役者だけでなく、カメラや反射板にも興味《きょうみ》津々《しんしん》のようだ。

哲彦《てつひこ》が叱った。

「りっくん、うるせーぞ」

「さーせん！　テツさん！」

言動が体育会系の陸《りく》は後輩として扱いやすい。おかげで入部からあまり日が経《た》っていないというのに、すっかりメンバーになじんでいた。

「オレは玲菜《れな》と一緒にプロデューサーに挨拶してくるから、お前らおとなしくしてろよー」

そう言って哲彦《てつひこ》は玲菜《れな》とともに俺たち一団から離れていった。

「レナと……？　しかも監督じゃなくてプロデューサーって、あいつ何考えてるんだ……？」

「最近の哲彦《てつひこ》くん、少しずつあからさまになっているっていうか、違和感あること平気でやってるから、なんか怖いよねー」

俺の横にいた黒羽《くろは》が、編み込まれた三つ編みをくるりと回しながら同調してくれた。

四月も終わりとなり、道行く人の服装も徐々に薄着になってきている。

今日の黒羽《くろは》はドラマの撮影現場に来ているとあって、珍しくミニスカートをはいてきている。

人一倍小柄な黒羽《くろは》は、可愛《かわい》らしさや背丈とアンバランスな胸の大きさに目が行きがちだ。

でも実は細身の綺麗《きれい》な脚をしていて、太ももがさらけ出されているとついチラチラと見てしまうくらいの魅力を持っている。ふんわりとしたセーターを身に着け、大人っぽくコーディネートされた姿は、撮影現場にいる若手の役者を凌駕《りょうが》する存在感があった。

「うっわ、ジャネーズの伊吹《いぶき》くんがいるじゃん⁉」

横で俺の袖を引っ張ったのは碧《みどり》だ。

陸《りく》に似ているというか、女性陣の中で一番図体《ずうたい》がでかいのに、もっとも挙動不審だ。

「お前、俺の出演が決まる前から、ドラマ見てたって言ってただろ？　なんで今更伊吹《いぶき》さんで驚いてるんだよ」

「だってよ、スエハル！　テレビの中のことと現実は違うじゃん⁉」

「だからってアニメじゃないんだから、現実にいる人間をテレビで映してるんだぞ？」

「だーかーら、それはわかってるけど！　そうじゃないっつーか！　あ〜、ヤバい！　ヤバいって！　なぁ、スエハル、アタシの服って変じゃないかな？」

碧《みどり》の服装はニーハイにショートパンツ、軽いカーディガンと、やはりいつもより気合いが感じられる格好だ。ただ動きやすい服を選択する傾向はあいかわらず、自分のわがままな肉体には無頓着で、胸やお尻のラインが強調され、肉感的な姿をさらけ出している。

つい様々な女性らしいポイントを視線で追ってしまったのがバレてしまったらしい。

碧《みどり》はニヤ〜ッと姉に勝るとも劣らない、いたずらっ子ぽい笑みを浮かべた。

「なに、スエハル？　もしかしてアタシに見とれた？」

「はっ？　何？　そんなことあるわけないけど？」

俺は即座に真顔で反論した。

確かに俺も健全な男子高校生。理性に反して視線は思わぬ方向に動いてしまったかもしれない。

しかし碧《みどり》になめられるわけにはいかない。

もし一度でも認めたら、ひたすらからかわれ続ける。そんなことは長年の付き合いからわかりきっていた。

おそらく――

『スエハル～、お前さ、またアタシの胸見てただろ？　本当にスケベだよな？　もし土下座してお願いしてきたら、少しくらい触らせてやるかもしれないって言ったらどうする？　ほらほら、土下座してみろよ～？』

ぐらいの舐《な》めた発言を平気で仕掛けてきかねない。

それはきっと迷うが……相手が『碧《みどり》』というところが耐えられないところだ。

散々喧嘩《けんか》をしてきた間柄としてマウントを取られるのは我慢ならないし、姉妹たちに告げ口でもされれば終わりだ。

『ふ～ん、ハル。結局、胸が大きければいいんだ～。そうなんだ～』

『はる兄さんがエッ……エッチなのは知っていましたが……見損ないました。本当に悲しいです。私は怒っていますよ？』

『ハルにぃ、ワタシは胸が大きくないからドリねぇより嫌いってこと？　もし豊胸手術でドリねぇより胸が大きくなったら、ワタシに土下座して触らせてってお願いしてくるの？』

……地獄絵図だ。

だからこそ、こういう場面では毅然《きぜん》とした対処が必要不可欠だった。

「アタシも高校生になったしさ。まあ元々クロ姉ぇより成長してるし」

碧《みどり》が手ぶりで、成長の意味するところが身長や胸であることを強調する。

当然、そんな碧《みどり》を見逃す黒羽《くろは》ではない。

「碧《みどり》？　後でちょっと話があるから、覚悟しておいてね？」

黒羽《くろは》の恐ろしい声を碧《みどり》はさりげなく聞こえない振りをし、続けた。

「ま、つまりはアタシの魅力にスエハルがまいっちまってもしょうがないって」

ポンポンと碧《みどり》が俺の肩を叩《たた》く。

調子に乗る碧《みどり》に対し、俺は逆に安堵《あんど》を覚えていた。

碧《みどり》はやはり男心をわかっていない。こういう言動が魅力を半減させるのだ。

俺は深いため息をついて言い返した。

「はぁ？　どの口が言ってんだ？　確かに多少成長したかもしれねぇけど、問題は色気だって」

「なんだって〜？」

「ほら、見ろよ。あそこにいるの、NODOKAさんだ。あれが本物の色気を持った女性ってやつよ」

正直なところ、碧《みどり》は魅力的になっている。半年前と比べても胸やお尻の膨らみは増し、横顔も男勝りから女性としての美しさが上回り始めている。粗暴な口調と言動を慎めば、すぐにだって色気はあふれるほど出るだろう。

ただやはり十年以上弟扱いをしてきた存在……群青《ぐんじょう》同盟のメンバーも周りにいる中、簡単に褒めるわけにはいかないのだった。

「NODOKAさん出すのは卑怯《ひきょう》だろうが……」

碧《みどり》はグッと押し黙った。

よしよし、おとなしくなってくれた。

ホッとしつつ、視線をNODOKAさんに向ける。そして調べてきた経歴を思い出しつつ、演技を注視した。

NODOKAさんは現在、二十七歳。人気急上昇中の女優だ。慶旺《けいおう》大学に在学中は演劇サークル『茶船《させん》』のリーダー兼看板女優をやっていただけに、演技力には定評がある。

そもそも慶旺《けいおう》大学に入っている時点で頭がいい。加えて百七十センチ近い長身で抜群のスタイルを持っている。人気が出てきたのはここ最近だが、出るべくして出てきた逸材と言っていい人だろう。

逆を言えば、芸能界の厳しさも感じる。

容姿、プロポーション、演技力とすべてが揃《そろ》っているにもかかわらず、人気が出てきたのは当たり役があった去年ぐらいからなのだ。

もしかしたら、これでも早く運をつかめたと言ってもいいのかもしれない。だって美人なのに芽が出ない人なんてごまんといるし、演技力があっても一生脇役なんて人がいるのは当たり前の世界だ。

(子供時代、俺は運が良かったんだ……)

当たり役をすんなりとつかめたし、子供ということで優しくされた。

でも引退したことで、せっかくの幸運を棒に振ってしまっている。現在、群青《ぐんじょう》チャンネルのおかげで多少知名度は回復しているだろうが、人気に火がついているとは言えないだろう。

『モモとしては、末晴《すえはる》お兄ちゃんは大学へ進学せず、芸能界へ進むべきだと思っています。そして業界の最前線でさらに成長し、日本を代表するスターになってもらいたいです』

真理愛《まりあ》はこう言ってくれているが、ちゃんと冷静に今の実力を見つめ、慎重に進路を判断しなければならない。

決して甘い世界ではないのだから。

「やっぱりプロは凄《すご》いね……」

そうつぶやいたのは黒羽《くろは》だ。

小動物のようなつぶらな瞳が驚きで見開かれている。

「あたしはCM勝負のときくらいしかプロの人にカメラを向けられたことないけど、ハルはこんな中でずっとやってたんだ……」

「まあ、な」

CM勝負のときと今の撮影現場は、規模が違う。

出演者の人数も違えば、機材の数も違う。さらに言えば、お金のかけ方のレベルが違うし、スタッフのレベルも違う。

CM勝負のとき主演していたのは群青《ぐんじょう》同盟のメンツ。カメラマンなどのスタッフは総一郎《そういちろう》さんが手配してくれたプロの人だったけど、外注の人だ。

しかしここはテレビドラマの最前線。有名俳優やアイドルが当たり前にいる。登場人物の多さやスタッフの人数も多い。しかも高視聴率とあってスタッフの気合いもノッている。

群青《ぐんじょう》同盟でかかわった撮影で一番近いものを挙げれば、アシッドスネークさんとのMV《ミュージックビデオ》だろう。

しかしドラマとMV《ミュージックビデオ》撮影では雰囲気がまるで違う。

黒羽《くろは》が驚くのも無理はなかった。

「大丈夫ですよ、黒羽《くろは》さん。黒羽《くろは》さんが出るわけではないので」

さらりと真理愛《まりあ》が会話に入ってきた。

ガーリーな私服姿の真理愛《まりあ》は、さすがの芸能歴とあって待機中の女優たちと比べてもひと際《きわ》可愛《かわい》らしい。

今日は撮影現場に行くとわかっていたためだろうか。ゆるふわな髪が揺れるだけで甘いにおいが漂い、爪の先まで磨かれている。

そんな真理愛《まりあ》はしたり顔で人差し指を掲げた。

「ここはプロだけが踏み入れられる領域……そう、つまりは！　モモと末晴《すえはる》お兄ちゃんしか立ち入れない、いわば聖域！　黒羽《くろは》さんは今回、じっと眺めていてください。楽でよかったですね～」

黒羽《くろは》が頬を引きつらせる。途中まではまだしも、『楽でよかったですね～』の辺りの挑発は強烈で、笑顔が保ち切れなかったようだ。

「うんうん、そうだね、モモさん。確かにハルとモモさんしか出演しないけど、その分大変だろうから頑張って。万が一モモさんだけ下手くそな演技しちゃったら、聖域がヘドロだらけになっちゃうかもしれないし～」

「あらら～、そんなことあるはずないじゃないですか、黒羽《くろは》さん～。モモと末晴《すえはる》お兄ちゃんだけの聖域があることが悔しいのはわかりますが、もう少し綺麗《きれい》な言葉を使ったほうがいいですよ～。品性を疑われちゃいますし～」

「ご忠告ありがとう、モモさん～。ただあたしとハルは家が隣同士だから、いたるところに思い出深い聖域があるんだよね～。そう考えるとモモさんの言動って、ちょっと痛いっていうか、悪あがきだなって思っちゃって～」

まず大前提として、黒羽《くろは》はとても可愛《かわい》らしい。それこそテレビで活躍している真理愛《まりあ》と比べてもそん色ないほどに。

でもマウントの取り合いしているときはマジ怖いっすごめんなさい。

「はーっ、へーっ、ほーっ！　言ってくれますね、黒羽《くろは》さん……」

「モモさんこそ……」

張り詰める空気。二人の背後に龍虎……ではなく、猫とタヌキの威嚇し合っている幻影が見える。

よしっ、この場から逃げよう！

と俺が一秒で決めた瞬間、冷たい声が割り込んだ。

「――ちょっと二人とも、もう少し周りを見てくれないかしら？」

絹のようなロングストレートの黒髪がたなびいている。

白草《しろくさ》だ。

大人っぽさと脚の長さを強調するパンツスタイルが実に似合っている。

つい俺は、その美しさに見とれてしまっていた。

「撮影現場の人に悪い印象を持たれたらどうするつもり？」

黒羽《くろは》と真理愛《まりあ》の空気が悪くなったことで、スタッフの一部が心配し始めていた。

その点をついた白草《しろくさ》の発言はド正論。

さすがに黒羽《くろは》と真理愛《まりあ》も押し黙った。

「……うぐっ……」

「確かにモモとしても……」

白草《しろくさ》は肩にかかる黒髪を振り払った。

「まあ桃坂《ももさか》さんはどうでもいいとして、私のスーちゃんのはえある復帰ドラマに迷惑をかけないで欲しいわ」

「モモのことは、どうでもいい、と……」

「あたしは『私のスーちゃん』のほうが引っかかるかな……」

黒羽《くろは》と真理愛《まりあ》の背後から炎が立ち上る。怒りの炎だ。

哲彦《てつひこ》と玲菜《れな》が挨拶を終えて戻ってきた。

ちょうどいいタイミングだ。

俺は哲彦《てつひこ》に耳打ちした。

「おい、哲彦《てつひこ》。一応お前リーダーだろ。なんとかしてくれ」

哲彦《てつひこ》はさっと場を見回しただけで事情を理解したらしい。

「よし、ここは新人の実力を試してみるか」

哲彦《てつひこ》はカメラに釘付《くぎづ》けとなっていた陸《りく》に対し、くいっと指を曲げて呼んだ。

「なんすか？」

「先輩命令だ。りっくん、三人を止めろ」

「了解しました！」

素直と言うべきか無謀と言うべきか……陸《りく》は敬礼をすると、三人の間に割って入った。

「先輩がた、落ち着いてください！　ここは――」

ギロリ、と三人の視線が陸《りく》に突き刺さる。

それだけで陸《りく》は全身を硬直させた。

ちなみに三人の中で一番高身長なのは白草《しろくさ》で、百六十センチだ。

陸《りく》は百八十五センチ。頭一つは上だ。

にもかかわらず、にらみだけで圧倒されている。

「あのね、間島《まじま》くん？　これ、あたしとハルの未来にとって、大事な話なの？　わかる？」

「あ、あの……」

「志田《しだ》さん？　スーちゃんの未来は私とともに歩むのよ？　もう少し現実的な話をしてくれな

いかしら？」

「そ、そうかもしれないっすけど……」

ダメだ、格が違う。

コホン、とわざとらしく真理愛《まりあ》は咳払《せきばら》いしてほほ笑んだ。

「お二人とも、冷静に。こうしてドラマの現場に来て、お二人ともわかったでしょう？　モモとの立場の違いに。今なら過去の女の戯言《たわごと》として許してあげますから、おとなしくしていてください」

「「誰が過去の女よ!!」」

陸《りく》は生まれたての子鹿のように足を震わせて戻ってきた。

「……す、すんません……おれには無理っす……っ！」

「いやまあ、お前は頑張った」

俺は肩を叩《たた》いてねぎらった。

正直なところ無理だろうと思っていた。あの三人は強面《こわもて》な男が割り込んだぐらいで止められるようなタマじゃない。

哲彦《てつひこ》は肩をすくめ、横目で碧《みどり》を見た。

「じゃあ碧《みどり》ちゃん、いける？」

「甲斐《かい》先輩、アタシも体育会系の人間だったんで、先輩の命令は絶対ってわかってますよ。でもあれは無理っす。家で妹たちがいて、それでも姉一人抑えるのに苦労してるんですよ？　白《しろ》草《くさ》さんはともかく、あの悪巧みするタヌキまで加わってるんです。アタシ一人じゃ無理っす」

「ま、末晴《すえはる》を真ん中に放り投げておいて、好きにさせればいっか」

「哲彦《てつひこ》！　お前はあいかわらず最低な解決方法しか思い浮かばねぇな！」

俺の人権無視してるだろ！

陸《りく》が眉間をつまんだ。

「いや～、丸《まる》先輩。これもう、モテてる男の義務というか、試練として受け止めるしかないっすよ」

「陸《りく》、違うんだ。これは試練じゃない。ここで割って入るのは自殺しに行くのと同じだ」

碧《みどり》が深いため息をついた。

「クロ姉ぇはともかく、白草《しろくさ》さんみたいなすげー人から告白されてるって、お前光栄すぎるんだぞ？　もうちょっとしっかりだな……」

「じゃあミドリはさ、シロと付き合えって勧めるわけか？」

意外な問いだったのだろうか、碧《みどり》の顔は一気に真っ赤になった。

身体《からだ》を横に向け、胸の前で指をいじる。

「アタシとしては、白草《しろくさ》さんにお前はもったいないっていうか……クロ姉ぇの気持ちはわかってるけど、長い付き合いのお前に恋人ができるって、なんかむず痒《がゆ》いっつーか……気持ち悪いし……。まあアタシ恋愛話苦手だし、そういうの、もうちょっと後でいいんじゃねーの、って思ってるっていうか……」

頬を赤くし、たどたどしくしゃべる姿はなかなかいじらしい。

ただ――

「お前がそういう反応するの、結構困るんだよなぁ……」

「そっすよねー。志田《しだ》に求めてるの、そういうのじゃないっていうか」

「陸《りく》、お前やっぱわかってんなー」

「ありしゃす！」

俺と陸《りく》が意気投合していると、背後から肩に手をかけられた。

そこにいたのは拳を握りしめた碧《みどり》だった。

「死ねっ！」

高校生になっても碧《みどり》のがさつさは変わらないらしい。

俺たちは後頭部を叩《たた》かれ、悶絶《もんぜつ》した。

「――にぎやかでいいわね、あなたたち」

俺が後頭部を押さえながら顔を上げると、そこにいたのはＮＯＤＯＫＡさんだった。

あ、撮影が止まっている。シーンが切り替わるようで、スタッフが道具を持ってバタバタと走り回っている。

間近で見るNODOKAさんは、テレビ越しに見るよりずっとクールで大人の魅力を感じる人だった。

俺は慌てて姿勢を正し、頭を下げた。

「あ、初めまして。丸末晴《まるすえはる》です。今回はドラマ出演の推薦をしていただき、ありがとうございます」

「気にしないで。私ね、究極なところいいドラマになってくれれば何でもいいの」

「いいドラマ、ですか」

「いいドラマっていうのは話が面白いとか、演技や演出が素晴らしいってだけじゃなくて、それを多くの人が見て、収益がたくさん入るってところまで含めるって意味ね」

「なるほど」

この人、劇団のリーダーをやっていたせいか、芸術家肌でありながらマネージメントにまで頭を働かせる系の人だったか。

NODOKAさんの言う収益面というのは、『群青《ぐんじょう》同盟の若者への訴求力』とか『俺のドラマ初復帰という話題性』を計算に入れていることを意味しているのだろう。

語る内容といい、淡々とした話し方といい、敏腕プロデューサーと話しているような気持ちになるな……。

「子役時代も評価してたけど、学園祭での演技、よかったわ」

「ありがとうございます」

「でもあれじゃ足りない」

NODOKAさんはキャリアウーマン役とあって、スーツを着ている。そこに色っぽさを兼ね備えた一重の眼差《まなざ》しが合わさり、鋭さを持って俺の心を突き刺した。

「……そう、ですか」

「落ち込まなくていいわ。十分に片鱗《へんりん》は見せてくれた。私と共演すれば、きっと君はすぐに一段上に行ける。そう感じたから声をかけたの」

「……ご期待に応えられるよう、頑張ります」

「そうね。楽しみにしてるわ」

NODOKAさんは次に真理愛《まりあ》へ近づいて行った。

「真理愛《まりあ》ちゃん、学祭のときはありがとね」

「お礼は何度も言われてますので、お気になさらず」

「あれから一度『茶船《させん》』に行って、根性叩《たた》き直しておいたから。真理愛《まりあ》ちゃんに丸《まる》くん、それと虹内《にじうち》ちゃんのプロ意識、見せられて本当によかった。行った時点で、だいぶ雰囲気変わっていたから」

「お役に立てたなら何よりです」

NODOKAさんはサバサバした口調で、容赦なく要点をついてくる。

それだけに威圧感を覚える部分があったが、悪意を感じないので嫌な雰囲気はなかった。

厳しいコメントも、プロフェッショナルとしての意識が高く、全力だからということがわかる。それだけに俺は、この人との共演が楽しみになってきていた。

「あ、お疲れ様です」

「し〜っ」

背中越しに聞こえたやり取り。

スタッフの挨拶だけならスルーするところだが、その後の『し〜っ』が気になった。

俺が何だろうと思って振り向いた瞬間——背後からガッと両肩をつかまれた。

「わっ！」

「——っっっっっ！」

俺は目を見開きつつも、なんとか声を出すのをこらえた。

周囲をチラリと見れば、群青同盟《ぐんじょう》のメンバーも驚いている。例外は呆《あき》れた顔をしている哲《てつ》彦《ひこ》とNODOKAさんくらいなものだ。

「なんだ〜、もう少し面白いリアクション見られると思ったのにな〜」

「子供っぽいことしないでくださいよ」

ＮＯＤＯＫＡさんのツッコミに、色気が漂うようなひげ面《づら》の中年男は、あごを撫《な》でて笑った。

「いやだってさ、久しぶりの再会だし。なんだかテンション高くなっちゃって、面白いことやってやろうって」

「それで脅かそうと？　脳内が中学生で止まってませんか？」

「厳し～っ！　いやでも、のどちゃんのそういうとこが可愛《かわい》いんだよな～」

「セクハラですか？　私、都合がいいことに息子さんと連絡が取れますので、今の発言、お伝えしていいですか？」

「ちょっちょっ、それはやめてよ～っ！　充《みつる》のやつ、最近生意気になってきてさ～。冗談通じないんだよね～」

「なら冗談を言わないようにしてください、肇《はじめ》さん」

そう、この子供っぽいのに色気ムンムンなちょい悪風男優の名前は――阿部肇《あべはじめ》。

阿部《あべ》先輩の父親……そして子役時代の俺と共演経験のある、大物俳優だ。

同じちょい悪親父《おやじ》風でも、瞬《しゅん》社長とは方向性がまるで違う。

瞬《しゅん》社長はいかにも業界人的な冷徹ビジネスマン。肇《はじめ》さんは豪快さと子供っぽさを兼ね備えた冗談好きのおじさんだ。ちょい悪風は同じでも、陰と陽ぐらい違っている。

「でもホント久しぶりだね～。丸《まる》ちゃん、大きくなったな～」

肇《はじめ》さんは俺の頭を撫《な》でてくる。

なんだろう、この感じ……。経験があるぞ……。

あ、あれだ……久しぶりに会う、馴《な》れ馴《な》れしい親戚のおじさんだ……。

「あの、肇《はじめ》さん、俺も高校三年生になったので、さすがに頭を撫《な》でられるのは……」

「いや、だってさ！　丸《まる》ちゃんだよ！　大河のときにさ、『僕、肇《はじめ》さんに勝てるよう頑張ります！』っていうか、人気食っちゃいますから、覚悟しておいてください！』とか生意気なことをキラキラした目で言ってたあの子だよ！」

「あああぁぁ……」

俺は顔を両手で隠し、うずくまった。

何だこの『昔、おむつ替えてやってたんだけど？』って言われるような、この恥ずかしさ！

そもそも昔の俺、生意気過ぎない⁉　肇《はじめ》さんは当時換算でも、ドラマや映画の主演を百本はやっていたような人だぞ⁉　勝つってなんだよ、勝つって！

「ふふっ、生意気なスーちゃん、いいわね……」

白草《しろくさ》があごを軽くつまんで口元を緩める。

真理愛《まりあ》は遠い目をした。

「懐《なつ》かしいですね。当時の末晴《すえはる》お兄ちゃん、怖いもの知らずなところありましたもんね……」

「どうしたの、ハル〜。照れちゃってか〜わいい〜。お姉ちゃんがなぐさめてあげよっか？」

黒羽《くろは》が寄ってきて耳元でささやいてきた。ついでに頰を突っつくおまけつきだ。

次の瞬間、白草《しろくさ》と真理愛《まりあ》が素早く黒羽《くろは》を左右から挟んだ。

「志田《しだ》さん、さりげなくスーちゃんに肉体的接触をはかるだなんて、えちぃわよ……」

「へこんでいる隙を狙うところが、黒羽《くろは》さんのたちの悪いところですよね……」

「ちょ、二人とも言い方⁉ っていうか、は〜な〜し〜て〜っ！」

黒羽《くろは》が左右から腕をつかまれ、連行されていく。

俺と陸《りく》と碧《みどり》はその姿を冷めた目で見送った。

「群青《ぐんじょう》チャンネルでの争い、リアルでもやってるのね……面白いわ」

ＮＯＤＯＫＡさんがしみじみとつぶやく。

俺は苦笑いを浮かべるしかなかった。

「最近、そう言われることが多いんですよね」

「あれだけバチバチやってるんだもの。一種のコントみたいだから、台本ありきかなって思うわよ」

「あはは……コントみたい、ですか……」

間で挟まっている俺としては、結構胃が痛かったり、プレッシャーでお腹《なか》の調子が悪くなったりするんですが。

いやまあ、贅沢《ぜいたく》な悩みだとは思うんだけど、それとこれとは別というか！　黒羽《くろは》たちがぶつかり合っているのは本気で怖いんだよ！

肇《はじめ》さんが俺の肩に手を回してきた。

「で、丸《まる》ちゃん？　誰が本命？　俺的には黒羽《くろは》ちゃんと結婚して、白草《しろくさ》ちゃんを愛人にして、真理愛《まりあ》ちゃんと浮気《うわき》するのがいいと思うんだけど？」

「地獄になる未来しか見えないっすよ⁉」

はっはっは、と肇《はじめ》さんが豪快に笑う。

そうだった。

肇《はじめ》さんはいい人なのだが、冗談好きで困った人でもあるのだ。

＊

ドラマ『永遠の季節』はイケメンを揃《そろ》えることで著名な事務所『ジャネーズ』の伊吹《いぶき》さんとNODOKAさんのオフィスラブを主軸にした恋愛ドラマだ。

現在、撮影場所はビルの一階から二十階にあるオフィスへ移動。時刻は午後七時を過ぎ、窓からは夜景が見えるようになっていた。

現在のシーンは、会社の人が帰った後の設定だ。なのでオフィスの照明のうち、半分が消されている。

非日常の光景にドキドキしながら、俺たち群青《ぐんじょう》同盟のメンバーは、再開された撮影を遠巻きに見学していた。

「俺と夢、どっちを選ぶんだよ！」

ネクタイを緩めた伊吹《いぶき》さんがNODOKAさんに迫る。二人は付き合っていることを隠していたが、会社に誰もいないため、つい心が緩み、口論となったのだ。

視界の端に、監督チェック用の画面が見えた。

さすがジャネーズ。カメラでアップにされてもカッコよさが崩れない。胡散臭《うさんくさ》いイケメンの哲彦《てつひこ》と違って、これぞ正統派のアイドルだということを示している。

「どっちかしか選べないの、おかしくない？　私は、恋も夢も諦める気はないわ」

NODOKAさん、いい表情だ。恋に心を動かされながらも、夢も諦めない強い女性をしっかりと表現している。

「なんだなんだ～。帰ろうと思ったら、痴話げんかか～？」

肇《はじめ》さんの登場だ。

肇《はじめ》さんは二人の上司として、からかったり相談に乗ったりする準レギュラーの役どころ。夢と恋に悩む二人に対し、コミカルさを加える重要なポジションだ。

今だって割って入った一言だけで緊張感がほぐれている。空気を変える存在感と個性――これぞ超一流の役者と言える部分だろう。

今、収録しているのは十話。最終回の二話前になる。

俺が出る予定なのは、最終回一話前のラストと、最終回。

今日、俺の出番はない。久しぶりのドラマということもあり、感覚を取り戻すために必要だろうと、プロデューサーが気を利《き》かせて群青《ぐんじょう》同盟のメンツを見学に呼んでくれたのだ。

「恋はいっときの気持ち、夢は永遠。若いときはそう俺も感じた。でもな、こうして俺のように年を食うとわかる。夢を追うことも永遠じゃないんだよ。体力も気力も……そして情熱も、永遠に続きはしないからな」

肇《はじめ》さんのセリフに、俺は胸を打たれた。

そう、永遠のものなどない。

恋も、夢も。

俺はありがたいことに、黒羽《くろは》と白草《しろくさ》……俺にはもったいないほど魅力的な二人に告白されている。そしてどちらにもたまらなく惹《ひ》かれていて、二人は俺の回答を待ってくれている。

でもそんな都合のよい時間、長く続くはずがない。

現在の俺に誠実さなどないだろう。もし誠実でありたいなら、すぐにどちらかと付き合うことを決め、もう一人ときっぱり付き合えないことを告げる必要がある。俺がそうしなくてもギリギリ許されているのは、黒羽《くろは》も白草《しろくさ》も、現在の状態でいることを許容してくれているおかげだ。

「ハル、どう？　現場を見て、何か感じるものある？」

夢もそうだ。

俺は、役者に戻りたいのだろうか。

もしかしたら過去の栄光が忘れられず、すがろうとしているだけかもしれない。

そうなると俺は、ただチヤホヤされたいだけってことになる。そんな中途半端《ちゅうとはんぱ》な気持ちだとしたら、今後役者に戻ったことで起こる様々な苦難に俺は耐えられないかもしれない。

すると真面目に勉強して大学へ行くほうがずっといいってことになる。だって役者崩れじゃ、就職に不利だろうから。

「スーちゃんって当時、緊張した？　私、見ているだけで緊張しちゃって……」

就職のために有利だから大学を目指すっていうのなら、俺はただ楽に食っていきたいだけなのだろうか？

うーん、何か違う気がする。お金や楽さは物凄《ものすご》く大事なことだが、逃げの姿勢で考えるのはやめたほうがいいだろう。

役者には役者の、サラリーマンにはサラリーマンの大変さがあるはずだ。

じゃあ喜びが大きそうなほうを選ぶべきだろうか？

それだって、役者とサラリーマンの優劣はつけられない。役者独自の喜びはあるが、他のあらゆる仕事には、その仕事特有の喜びがあるだろう。

「あの、ハル……？」

周囲と同じように大学に通って、周囲と同じような青春を経験し、周囲と同じように就職する。そんな当たり前に思えることだって、実際は実現が難しいことだ。

多くの人と同じような喜びを求め、苦しみと戦っていくのは、決して悪くない。いや、悪くないどころかとても幸せなことに感じる。

ただ『同じように』と言っても、気をつけることがある。個性だ。

人それぞれ好きなものが違うように、得意なものも違う。それを無視して進路を選んだら辛《つら》いものになるだろう。

俺は役者が得意そうだが、本物と言えるほどなのか。勘違いの可能性はないか。本当に人生を懸けるに値するものか。

わからない。

わからないけれど……今、岐路に立っていることはわかっている。

「スーちゃん……？」

ありがたいことに、俺の現在地を判断できるチャンスをもらえた。

もう、高校三年生。すでに世間を見渡せば、スポーツ選手や料理人など、同級生には生きる道を決めたやつがごまんといる。

高校三年生の春。進路を決めるにはいい時期だ。

真理愛《まりあ》づてにもらえたドラマ出演のチャンス、無駄にせず進路を決める経験を得たいところだった。

「末晴《すえはる》お兄ちゃん、今の……見ました？」

ふと真理愛《まりあ》の声が耳に届いたので、俺は頷《うなず》いた。

「ああ、おそらく肇《はじめ》さんアドリブだな。伊吹《いぶき》さんの反応、ちょっとおかしかった」

「でも止めずに進めているのは——」

「肇《はじめ》さんのアドリブ、鮮やかすぎたからイキでいくんだろう」

「ですよね」

真理愛《まりあ》の相槌《あいづち》に、俺は頷《うなず》いて返した。

今のアドリブ、芸術的といっていい。

主要メンバーで一番演技力が劣るのは伊吹《いぶき》さんだが、肇《はじめ》さんはその点を目立たせないようにしつつ、さりげなくフォローして笑いにしてしまった。まさに職人芸だ。

「あ、あれ、私、スーちゃん……？　あ、あのー……？　無視されちゃうようなこと、しちゃった……？」

「可知《かち》さん、昔からハルって集中しすぎるとこうなるの。最近見なかったけど」

「志田《しだ》さん、さりげなく『昔から』とか言ってマウント取るのやめてもらえないかしら？」

「そんなつもりないって。今、喧嘩《けんか》しても意味ないし。あたしだってスルーされてる立場なんだけど？」

「……確かにそうね。なのに桃坂《ももさか》さんの声は聞こえているってどういうことかしら？」

「それだけ今回の出演に本気なんだと思う。演技のこと以外頭に入らないくらい他が見えてないんじゃないのかな？」

「まあ理解はできるわ。私も小説家だし。志田《しだ》さんにはわからない概念だと思うけれど」

「可知《かち》さん？　そっちからマウント取るのやめろとか言っておきながら、自分がするの？」

「ごめんなさい、確かに一言多かったわ。ただ……」

「ただ？」

「ちょっと悔しくって。スーちゃんが周りを見えなくなっている部分までは理解できるわ。でもその先……悩みや喜びを分かち合うことはできない」

「そうね。あたしも、可知《かち》さんも、そこだけはモモさんに決してかなわない」

「……組みたい、とでも言いたいわけ？」

「もうあたしたちは告白しちゃってる。誰かの足を引っ張るより、自分の点数を稼ぐほうが建設的だと思うけど？」

「同感ね」

後ろで黒羽《くろは》と白草《しろくさ》の会話が盛り上がっているようだったが、内容までは俺の耳に入ってこなかった。

立派なセット。きらめく照明。

プロが揃《そろ》い、演技の一挙手一投足まで見られている緊張感。

これだけのプレッシャーや人材が揃《そろ》っているからこそ、ヒナちゃんは短期間で超一流となれたのだ。

あの天才少女のように俺ができるわけがない。

でも負け続けるのは性に合わない。

かつての俺は頂《いただき》の端くらいはつかめていたはずだ。

思い出せ。

そして当時を超えろ。

ヒナちゃんはまだ成長過程だ。

そのくらいできなきゃヒナちゃんと勝負にすらならないだろう。

せっかくもらえたチャンス。

少しでも向上できるよう、演技を吸収するのだ。

＊

「今日はありがとうございました」

「来週の撮影、期待しているよ、丸《まる》ちゃん」

「ご期待に応えられるよう頑張ります」

すでに時刻は午後九時を回っている。

俺たちは監督に挨拶し、ドラマの撮影現場を後にすることになった。

「末晴《すえはる》、オレと玲菜《れな》はここに残ってやることあるから、お前らだけ先に行けよ」

あからさまな怪しい行動に、俺は目を細めた。

「哲彦《てつひこ》……お前、今度はどんな悪だくみだ？」

「そのうちわかるって」

あいかわらず哲彦《てつひこ》は口を割りそうにない。

問いただすのはさっさと諦め、哲彦《てつひこ》と玲菜《れな》だけ残して俺たちは現場を去った。

最寄り駅に向かう途中、陸《りく》が言った。

「あ、ラーメンでも食っていきませんか？　おれ、近くにおすすめの店あるんすよ！」

今日は土曜。親父《おやじ》が家に帰っているが、最初から先に食ってくれと言ってある。

あの親父《おやじ》のお小言を聞きながら食べるより、群青《ぐんじょう》同盟のみんなと食べるほうが楽しいに決まっている。だから陸《りく》の提案はとても魅力的なものだった。

ただ――

「モモ、これから時間あるか？」

「ええ、大丈夫ですが？」

「俺の家に来ないか？」

どよっと周囲がざわめく。

一番反応がでかいのは碧《みどり》だ。真っ赤になっている。

真理愛《まりあ》は深く頷《うなず》き、ドヤ顔で言った。

「――つまりモモをお父様に紹介したい、と」

「いきなり何言っちゃってんの、お前!?」

真面目モードに入っていた俺だったが、さすがに真理愛《まりあ》の発言をスルーすることはできなかった。

「だって明日は日曜ですし……夜も更《ふ》けてきましたし……結婚前提のお付き合いに踏み込む決意を末晴《すえはる》お兄ちゃんがしたのかと思いまして」

「してねぇしてねぇ！」

「そうだそうだ！　性悪クソタヌキは自重しろ！」

なぜか碧《みどり》が俺に同調した。

「碧《みどり》ちゃんは後でお仕置きするとして……末晴《すえはる》お兄ちゃんは見学した熱のまま、練習したいんですよね？」

真理愛《まりあ》の切り替えの素早さには時折驚いてしまう。

さっきのことは冗談で言っていたとわかっていたが、一瞬で目の色が変わるあたり、天性の役者だと感じた。

「わかってるなら最初からそう言ってくれ。一、二時間しかできないが、少しでも練習したくて」

「それならモモの家でやりますか？　広さ的に余裕がありますし、家に買い置きの食べ物もありますので」

うちには親父《おやじ》がいるから、練習しているところを見ていられたら嫌だな。あの親父《おやじ》のことだから、いろいろぼやきそうだし……。

「そう、だな。よければそのほうがありがたい」

「いえいえ、大丈夫ですよ」

「モモさん、一つ聞いていい？」

黒羽《くろは》が話題に入ってきた。

「何でしょうか？」

「今日、絵里《えり》さんは？」

「家でゆっくりしていると思いますが？」

「……思う、かぁ」

「怪しいわね」

黒羽《くろは》と白草《しろくさ》が目で会話する。

「出かけている可能性はあるってことなんだよね?」

「そりゃお姉ちゃんも立派な成人女性ですから。ぶらっと買い物に出たり、飲みに行ったりしてもおかしくないですよね？」

「まあ、そうだけど……」

「桃坂《ももさか》さん、私もお邪魔していいかしら？　せっかくだから、二人の練習を見たいの」

白草《しろくさ》の提案に、俺は不穏な空気を感じていた。

これは真理愛《まりあ》がのらりくらりとかわしているうちに黒羽《くろは》ものっかってきて……下手したら碧《みどり》や陸《りく》あたりも加わってドタバタになるパターンだ……。そうなると、ただでさえ少ない練習時間が短くなってしまう……。

と思っていたが、真理愛《まりあ》の反応は俺の予想と違っていた。

「どうぞ。来たい方はどなたでも」

「!?」

驚きを示したのは黒羽《くろは》と白草《しろくさ》だ。

「碧《みどり》ちゃんと陸《りく》さんも、もちろんいいですよ。それくらい多くなるならさすがに買い置きが足りないので、向かう途中で食材を補充するか、いっそピザでも頼みましょうか」

「いいんすか！　桃坂《ももさか》先輩んちって、確かタワーマンションって聞いているんすが！」

「そうですね」

「うおーっ、行ってみるの、ちょっとした憧れだったんすよーっ！」

「他のところより多少便利で眺めがいいくらいのものですよ」

「さらっとそういうこと言えるのすげーっすわ！」

「家の自慢なら白草《しろくさ》さんと勝負になりませんし」

「ア、アタシもいいのかよ……」

碧《みどり》が恐る恐る聞く。

「どうして碧《みどり》ちゃんだけ除《の》け者《もの》に？」

「だってアタシ、いつもあんたに悪態ついてるし……」

「変なところで気をつかうんですね。碧《みどり》ちゃんに絡《から》まれても、モモとしては可愛《かわい》らしいワンちゃんに吠《ほ》えられている程度のことなので気にする必要ないですよ」

「その言い方、ムカつくんだが！」

権謀術数に長《た》けた真理愛《まりあ》と真っ正直な碧《みどり》は相性悪めに感じやすいけど、ちょっと離れたところから眺めていると、結構真理愛《まりあ》は碧《みどり》のこと可愛《かわい》がっているように見えるんだよなぁ。

真理愛《まりあ》は末っ子のせいか可愛《かわい》がり方はへたくそに感じるが、会話している姿はめっちゃ楽しそうだ。

まあ碧《みどり》のほうはからかわれている側だから、嫌がっている部分はあるだろう。しかし本気で嫌いなら話し相手にもならないはずだ。

二人はデコボコながら悪い関係じゃないんだろう。

「わりぃな、陸《りく》。俺も普段ならラーメン食いたいんだが、ちょっと今日は見学してきたイメージがあるうちに練習したくて」

「気にしなくていいっすよ。いつでも案内しますんで」

陸《りく》がぐっと親指を立てた。

うん、やっぱり陸《りく》のこういうさっぱりしたところ、嫌いじゃない。

「しかし哲彦《てつひこ》のやつ、あいかわらず何をやってるんだか……」

「おじ様と関係あるんじゃないかしら？」

「おじ様？」

白草《しろくさ》が『おじ様』と言うと、なんだかいかがわしく聞こえるのは俺だけだろうか。

白草《しろくさ》がパパ活しているイメージをしてしまうというか……黒髪ロングで清楚《せいそ》な白草《しろくさ》とはあまりにギャップがありすぎるし……そもそも気が強くてそういうのを嫌悪《けんお》しそうな白草《しろくさ》は絶対やらないだろうが……だからこそというか、妄想がはかどるというか——

『そんな……っ！　おじ様……なんてえちぃことさせるの……!?　はしたないわ……っ！　くっ、でも断れないなんて……!?』

……ありだな。

……うん、いいな。

俺、なかなかやるじゃん。百点。

「ハル、何か変なこと考えてない？」

黒羽《くろは》からジト目を向けられて我に返った。

「いや、やましいことなんて考えてないが？」

「やましいことなんて一言も言ってないけど？」

「…………」

「…………」

「……すみませんでした」

「素直なのはいいことだから、お姉ちゃん許してあげる」

頭を撫《な》でられた。

白草《しろくさ》が咳払《せきばら》いをした。

「おじ様というのは、阿部肇《あべはじめ》さんのことよ。パパとおじ様は昔から親友なの」

「あー、そうだった！」

元々そのあたりの絡《から》みがあるから、俺は子役時代に総一郎《そういちろう》さんの家に行き、白草《しろくさ》と会っていたわけだし。

「甲斐《かい》くんと充《みつる》先輩、以前から何かと繋《つな》がってるみたいだし……その辺の繋《つな》がりからおじ様にもゆっくりご挨拶したかったとかじゃないかしら？」

阿部《あべ》先輩と肇《はじめ》さん、親子なんだよなぁ……。

正統派イケメンの阿部《あべ》先輩と、顔が濃いちょい悪風イケメンの肇《はじめ》さんはタイプが違いすぎて、ぱっと見親子って感じがしないんだよな。肇《はじめ》さんの奥さんは確か元銀座のママだったはずだから、阿部《あべ》先輩は母親似ということかもしれない。

「あいつ、何がやりたいんだろうな」

なんだかんだ親しく付き合ってるつもりだが、あいつは根底の部分を絶対に語らない。

でも、そろそろ聞かなくてはいけない時期が近付いている気がした。

＊

阿部肇《あべはじめ》は収録が終わり、帰途につこうとすると、一人の少年と一人の少女が待っていた。

「こんばんは、阿部《あべ》肇《はじめ》さん。オレ――」

肇《はじめ》は顔を見て、最後まで聞かずに告げた。

「知ってるよ、甲斐《かい》哲彦《てつひこ》くん。群青《ぐんじょう》チャンネル見てるんだ」

「それは光栄です。大俳優の阿部《あべ》さんに知っていてもらえるなんて」

「ああ、そういうのいいよ」

肇《はじめ》は軽く手を振った。

「群青《ぐんじょう》チャンネル以外でも、総一郎《そういちろう》と充《みつる》から聞いている。高校生とは思えないほどのやり手らしいじゃないか」

哲彦《てつひこ》が笑う。

そこにへつらいはない。相手を呑《の》み込まんばかりの野望と復讐《ふくしゅう》がそこにある。

「評価してもらっているならありがたいことっすね」

「こんなところで話しかけてきたのは何かしら理由があるんだろ？　すぐ近くに公園があるんだ。そこのベンチで話を聞こうか。そこの子も立ちっぱなしは嫌だろう？」

「お心遣いありがとうございますっス」

「いやいや、俺がおじさんだから立っているのが嫌なだけだよ。気にしない気にしない」

玲菜《れな》がほほ笑む。

肇《はじめ》はその笑顔にどこか見覚えがあることを感じながら、全員で公園のベンチに移動した。

「で、用件は？」

「まずは人の紹介を」

哲彦《てつひこ》が電話をかけると、公園の外から新たに中年男性が現れた。

「初めまして、阿部《あべ》肇《はじめ》さん。私、甲斐《かい》清彦《きよひこ》と言います。哲彦《てつひこ》の叔父です」

「叔父というと、母方のほうかな？　ニーナさんは瞬《しゅん》くんしか子供はいないはずだし」

「話が早くて助かります」

清彦《きよひこ》が丁寧に頭を下げる。

夜の人間であるにおいは感じるが、紳士的で、声のトーンが落ち着いている。

肇《はじめ》は話ができそうな人物だと感じた。

「ふむ、君の叔父さんということはわかったが、俺に何の関係が？」

哲彦《てつひこ》は手帳を開いた。

「肇《はじめ》さんは元々ハーディプロ出身……独立して起業した今、株の持ち合いをしていて、ハーディプロの約三％を持っていますよね？」

「……っ⁉」

「ただ、あのクソ社長がアポロンプロダクションと手を組み、反乱に近い形で代替わりした結果、今は犬猿の仲になってしまっていると聞いていますが、違いますか？」

肇《はじめ》の頭の中で、あらゆる情報が繋《つな》がっていく。

それは総一郎《そういちろう》から聞いていた情報も合わさり、答えは自然と導き出された。

「なるほど、君は叔父のために――」

「それは違います」

はっきりと、哲彦《てつひこ》は否定した。

「これはすべてオレから始めたこと……叔父さんはオレの、サポート、です」

「まさか君自身が……？」

「これまでオレはちょっとずつ実績を積み上げてきました。末晴《すえはる》を復活させ、群青《ぐんじょう》チャンネルを立ち上げ、可知《かち》や真理愛《まりあ》ちゃんを誘い込み……オレには大きなことができると、少しずつ示していったつもりです。でも、若造のオレだけじゃさすがに信用が足りないでしょう？」

肇《はじめ》は哲彦《てつひこ》の瞳の色を見て、背筋が冷たくなった。

ただの高校生が出せるものではない。

怒りと憤り《いきどお》……それが長い時間熟成され、執念となり、天性の才能と組み合わさって、常識を外れた人間の雰囲気を醸《かも》し出している。

これは魍魎《もうりょう》たちが跋扈《ばっこ》する芸能界で成り上がる人間が持つものだ。

「どうして君は、そんな風に……」

「オレ、『チャイルド・キング』関連でコレクトジャパンテレビとも付き合いができまして、叔父と一緒に交渉し、味方になってもらう確約を書面でもらっています。もちろん筆頭株主であるニーナおばあちゃんからも……これを」

哲彦《てつひこ》から渡された紙を肇《はじめ》は開いた。

そしてそこにあった文面で、すべてを了解する。

「凄《すご》いな……そこまで手筈《てはず》が整っているのか……」

「あとはあなたです。いかがですか？　総一郎《そういちろう》さんと一度話してみてもいいですよ？　総一郎《そういちろう》さんにはかなり早い段階で味方になってもらっていますので」

「……勝算があるのは十分にわかった。でも、まだ弱いな」

哲彦《てつひこ》が頬をひきつらせた。

「君が優秀であることは今の会話だけでも理解したつもりだ。しかし世間は厳しいぞ？　瞬《しゅん》くんはああ見えてアポロンプロダクションで多くの人材を育てているし、今だって雛菊《ひなぎく》ちゃんというトップスターを生み出し、プロデュースしている。おそらく君が思っている以上に、瞬《しゅん》くんは業界で評価されている。少なくとも、君より遥《はる》かに評価されていることは間違いないだろう」

「そう、ですね」

「それに君は俺と瞬《しゅん》くんを犬猿の仲と判断しているが、それは誤解しやすい噂《うわさ》であって、厳密には少し違う」

「どう違うんです？」

「俺はニーナさんと瞬《しゅん》くん、両方と知り合いだが、ニーナさんのほうにより恩があり、尊重しようと思っているだけだ。瞬《しゅん》くんとは別に仲が悪いわけじゃない」

「………」

「ニーナさんは代替わりの際、俺に声をかけてこなかったし、騒ぎもしなかった。君に委任状を託すくらいだから不満は多少あったろうが、これをきっかけに代替わりしても構わないと受け止めていたということだ。違うかな？」

「それは……」

「直接ニーナさんから電話がかかってくるなら、すぐにでも君の味方になるけどね。でもニーナさんの性格上、しないだろうな。息子と孫、争わせてより実力があるほうに会社を渡せばいい——そういうことを好む人だ」

「さすが。芸能界で何十年も生きてきたような人は手強《てごわ》いですね」

そう言いつつも、哲彦《てつひこ》は不敵に笑っている。

やっぱりこの子は常人ではない領域にいる——と肇《はじめ》は感じずにはいられなかった。

「君がとてつもなく優秀で、現在優勢な状況にあるといっても、いくらでも潮目は変わる。君の味方が、風向きが少し変わるだけで手のひらを返すかもしれない。悪いが、俺には君が語っていることが、高校生の夢物語にしか感じられないんだ」

「でしょうね」

哲彦《てつひこ》は否定せず、おどけるように肩をすくめた。

そうして余裕を見せつけておいて、目を横にスライドさせた。

「すみません、そういえばもう一人の紹介を忘れていました。こいつは浅黄玲菜《あさぎれな》。オレの後輩です」

ぺこり、と玲菜《れな》が頭を下げる。

凄《すご》みや切れ者感のある哲彦《てつひこ》、清彦《きよひこ》の二人に比べ、平凡な感じの少女だった。萎縮や照れが見え、ファンの少女と相対しているような気持ちになる。

哲彦《てつひこ》が鋭い口調で尋ねた。

「浅黄《あさぎ》という苗字《みょうじ》に聞き覚えはありますか……？　肇《はじめ》さんは玲菜《れな》の母親と何度か飲み会で一緒になり、お話をしたことがあるようなんですが」

「浅黄《あさぎ》……浅黄《あさぎ》……」

多い苗字《みょうじ》ではない。

だから肇《はじめ》もどこか引っかかっていた。

玲菜《れな》がぽつりとつぶやいた。

「お母さんの本名は浅黄美奈《あさぎみな》。芸名では浅黄南《あさぎみなみ》と名乗っていました」

「ああっ、南《みなみ》ちゃん！」

そうだ、この玲菜《れな》という少女には、一時期アイドル活動をしていた浅黄南《あさぎみなみ》の面影がある。

浅黄南《あさぎみなみ》という少女は顔立ちこそ整っていたが、田舎出身らしく、垢抜《あかぬ》けていなかった。体形もやせているというよりコケていた。

アイドルとしての華は少なかったかもしれないが、とても気がつく心優しい少女であり、その田舎っぽさと清楚《せいそ》さが『自分の学校にいる、密《ひそ》かに一番人気の女の子』を思わせるとのことで、かつてアポロンプロダクションに所属していた。

目の前にいる浅黄玲菜《あさぎれな》という少女は、彼女と正反対の印象を受ける。今、おとなしくしているが、玲菜《れな》のポニーテールや八重歯は快活さを感じさせるし、垢抜《あかぬ》けていてグラビアアイドルにもなれそうなプロポーションだ。

なので気がつかなかったが——言われてみると、見れば見るほど顔立ちが似通っている。

「お母さん、肇《はじめ》さんとお話ししたことをずっと自慢にしていました。肇《はじめ》さんがテレビに出るたびに自慢話をしていて、なんだか自分まで誇らしくなったのを今でもよく覚えているっス。なので今日お会いできて、光栄というか、本当に嬉《うれ》しいっス」

「あぁ……そうか……そういうことだったのか……」

世間には出ていない、芸能界の中だけの噂《うわさ》。

ハーディプロの後継者、ハーディ・瞬《しゅん》と担当アイドル浅黄南《あさぎみなみ》の不倫。

それは二十年近く前、一度は立ち上り、あっという間に消えた話のはずだった。

しかし今、目の前に現れた、ハーディ・瞬《しゅん》の別れた妻との息子とその母方の叔父が現れた。

加えて不倫相手の娘までが絡《から》んでいるとは——

肇《はじめ》は身体《からだ》の奥底から来る震えを感じた。

「風向き一つなんかでやられないような、効果のある一手を考えています。オレの行動に正当性があると、世間に認めてもらうための案です」

哲彦《てつひこ》はすらすらと『効果ある一手』を語る。

肇《はじめ》はただじっと話を聞いていた。

そして聞き終えたとき、一つの思いがよぎった。

（充《みつる》から『やり手の面白い後輩』と聞いていたが、これほどのものだったとは——）

役者における丸《まる》ちゃんは特別な才能を持っているが、この少年もまた、別の非凡な才能を有している。

目標があればその達成までの道筋を考え、常識を踏みにじってでも進み、成し遂げる才能だ。

役者には向かないだろうが、経営には向いているだろう。

群青《ぐんじょう》同盟が高校の部活の形を取りながらここまでの知名度を得たのは彼がいたからか、と思わずにはいられなかった。

「肇《はじめ》さん、それで今後の具体的なお話をしたいのですが」

この少年はどこまで上っていくのだろうか。もしこのまま丸《まる》ちゃんと組むのなら、いつか芸能界自体を変革するほどの力を持つのではないだろうか。

なんだか痛快で、少し笑えた。

「何かおかしなことでも？」

哲彦《てつひこ》がわずかな笑みさえ見逃さずに尋ねてくる。

肇《はじめ》は心を切り替えた。

「いや、何でもない。話を聞こう」

若い芽が出てきている。その成長を見守るのも悪くない。

きっと総一郎《そういちろう》も同じ気持ちだったのではないだろうか……？

肇《はじめ》は親友の気持ちを想像し、答えを聞かずとも正解であるように感じていた。

第二章　決断

＊

トントン、とリズミカルな包丁の音がする。

鼻にはどこか懐《なつ》かしさを感じさせる味噌《みそ》のにおい。

（あれ、ここはどこだっけ……？）

自室で寝ていて、包丁の音が聞こえてくるはずがない。そもそも親父《おやじ》は味噌汁《みそしる》を作らない。

「黒羽《くろは》さん！　なんで手にジンジャーエール持ってるんですか！」

「だって、醤油《しょうゆ》にはコーラで、味噌《みそ》にはジンジャーエールが相性いいでしょ？」

「……志田《しだ》さん、お願いだからせめて自分の分だけにしてくれないかしら？」

「あと入れるとき、モモたちの見てないところでお願いします。食欲に悪影響が出ますので」

「みんなひどい！」

内容は聞き取れないが、遠くから声が聞こえる。

何となく背筋が寒くなり、うっすら目を開けると、高い天井ときらびやかな照明が見えた。

（ああ、そうか……）

昨日、演技の練習をしたりワイワイ話をしたりしているうちに遅くになり、みんなで真理愛《まりあ》の家に泊まることになったのだ。

上半身を起こすと、胸にかけられたタオルケットが滑り落ちた。

「ん……？」

もぞもぞと俺のすぐ横で動いたのは絵里《えり》さんだ。

問題は――下着姿なことだろう。

「…………」

さすが大人の女性。何が、とは言わないが黒だ。

ラッキー、と神に感謝した瞬間、俺の耳に声が届いた。

「そろそろスーちゃん、起こしに行こうかしら」

「まだご飯が炊けてませんし、もう少し後でもいいのではないかと」

「うん。ハル、昨日うまくできなくて結構悩んでいたし」

「そうね」

心臓が飛び跳ねる。

俺は深呼吸をした。

（落ち着け、俺。今、かなり状況がよくないぞ……）

テーブルの上にはビールの空き缶がところ狭しと置かれている。

そうだ、絵里《えり》さんは俺たちの練習に付き合ってくれていた。もちろんアルコール飲料を飲みながらだったが――練習後、雑談になり、絵里《えり》さんの空き缶も増えていって――最後どうなったのか覚えていない。

……状況を整理しよう。

ここは真理愛《まりあ》の家。広々としたリビングダイニングキッチンで、黒羽《くろは》、白草《しろくさ》、真理愛《まりあ》の三人はキッチンにいるようだ。幸いと言うべきか、声が聞こえるだけで、ソファーが邪魔して互いの姿は見えていない。

足元に陸《りく》と碧《みどり》が寝ている姿が見えた。特に碧《みどり》は俺の足裏近くにいるので、変な動きをすれば触れて起こしてしまいそうだ。あいつが今の状況に気がついてしまったら物凄《ものすご》く面倒くさい状況が想像できるだけに、慎重に動く必要があるだろう。

……よしっ、落ち着いてきた。

じゃあ起きてしまったことがバレるまで絵里《えり》さんの下着姿をもう少しチラ見しよ――

「……じー」

うとして、絵里《えり》さんがパッチリと目を開けていることに気がついた。

「見たでしょ？」

絵里《えり》さんは真理愛《まりあ》の姉だけあって、とても可愛《かわい》らしい顔立ちだ。なのに真理愛《まりあ》にはないセクシーさと奔放さを併せ持ち、ロリ姉属性の黒羽《くろは》と違って、大人の魅惑を自然と放っている。

今だって大人の余裕からか、下着が見られたというのに怒っていない。むしろ俺をからかって楽しそうな笑みを浮かべている。

「……何のことかわかりませんが？」

俺は少しだけ考え、真面目な顔で返した。

これはそう……事故だったのだ。

起きたら下着姿の絵里《えり》さんがいた。決して俺が絵里《えり》さんのベッドに飛び込んだわけではない。

俺は悪いことをしただろうか？　いや、していないはずだ。

ならば堂々とすればいいじゃないか――つまりそういうことだ。

「状況を確認した後、あたしの胸に目をやったよね？」

「――すみませんでした」

ダメだ、絵里《えり》さんに勝てるはずがない。最初から謝るべきだったのだ。

俺は一秒で負けを認めた。

「あはは、謝らなくてもいいのに。だって末晴《すえはる》くんの横に潜り込んだの、あたしからだったの思い出したし」

「そ、そっすよね。俺からじゃないはずだよなーって思ってたんですよ」

さすがにその点はホッとした。

「酔っぱらってたせいで、なんだか人肌恋しくなっちゃってねー。昨日、あれだけ熱心に口説かれちゃったし」

「……ん？」

口説く……？

「ほらほら、『子供のころからずっと好きだったんです』とか『あなたをずっと忘れられなくて……』とか」

「あ、はい、そうですね……。演技の練習として、ですが」

俺のドラマの役どころは、NODOKAさんの前に突然現れる高校生だ。

かつて俺はNODOKAさんの近所に住んでいて、『大人になったら結婚する～』と言っていたような弟的存在で、年月が経《た》ってもその想《おも》いを忘れられずにいた。そして十八歳となって成人したことでNODOKAさんの前に現れるというわけである。

というわけで『年上を口説く』という役柄上、練習相手として絵里《えり》さんに協力してもらったのだ。さすがにこればっかりは黒羽《くろは》や白草《しろくさ》に向けてやるより、年上の女性相手のほうがイメージが湧きやすい。

「あたしも心が揺れちゃったっていうか、年下もいいかなって思ったたっていうか……」

絵里《えり》さんが頬を赤らめ、身体《からだ》をくねらせる。

さすが真理愛《まりあ》の姉だけあって、天性の女優気質を持っている。

「いや、昨日めちゃくちゃダメ出しされましたが」

俺は冷静に突っ込んだ。

絵里《えり》さんのセリフが俺の脳裏によみがえる。

『末晴《すえはる》くんさ、それで口説いてるつもり？』

『もっと可愛《かわい》げが欲しいっていうか』

『うーん、一途《いちず》さはいいんだけど、何かもう一押しがないとキュンと来ないんだよね』

……という感じで、俺は昨夜ボツを受けまくっていた。

これはきっと、真理愛《まりあ》の演技を間近で見続けているため、素人《しろうと》とは思えないほど目が肥えている面があるのだろう。

それだけに絵里《えり》さんの行動がからかいだと気づかざるを得なかった。

「えー、そうだっけー？」

「純情な高校生の心を惑わさないでください」

「そうだよねー。末晴《すえはる》くん、純情だよねー。黒羽《くろは》ちゃんや白草《しろくさ》ちゃんに告白されても、二股かけてないもんねー」

「そりゃ人として当然というか……」

絵里《えり》さんはニッコリと笑うと、俺の髪に手を伸ばし、額をゆっくりとぶつけてきた。

「──でも最後には真理愛《まりあ》を選ぶんだよね？」

目が笑っていなかった。

いやいやいや、怖いって！　絵里《えり》さん、殺気出てるって！

どんだけ真理愛《まりあ》を溺愛してんの⁉

美人から密着されてこんなに嬉《うれ》しくないの初めてだよ！

（ここは……最後の手段を使うしかない……っ！）

俺は身体《からだ》を伸ばし、つま先で碧《みどり》の頭を小突いた。

「いたっ」

碧《みどり》が頭を掻《か》きながら上半身を起こし、あぐらをかいた。

あいかわらず一つ一つの仕草がガサツで男っぽい。

ただ絵里《えり》さんから借りたパジャマがちょっとサイズが小さめなので、見る人が見れば危険な格好だ。

「誰だよ、頭蹴ったやつ……はっ！」

碧《みどり》の目が開かれる。

その視線の先にいたのは、おでこをつけ合っている俺と絵里《えり》さんだった。

「ふーん、末晴《すえはる》くん、質問に答えてくれず、そういう手段使っちゃうんだー。お姉さん、がっかりだなー」

「今、うかつなことを言うのは誠実じゃないと思うので」

誠実って言葉がどこまでが範囲かわからない。

でも黒羽《くろは》にも白草《しろくさ》にも、深く考えて結論を出すと告げている。なのでこの場で絵里《えり》さんの色香に押し流され、安易なことを言ってしまうことだけはできなかった。

「なにイチャついているんだよ！」

碧《みどり》が立ち上がり、陸《りく》が『あ～？』とか言いながら目を覚ます。

碧《みどり》の声は大きく、キッチン組も俺たちが起きたことに気がついたようだ。

「なになに？」

「どうしたのかしら？」

「え～、末晴《すえはる》くんに大人の魅力を教えてあげてただけ～」

絵里《えり》さんは俺の頭を胸元に押し付けた。

もちろん絵里《えり》さんは下着。言うまでもなく最高だ。

（つまりこれは――俺への賄賂だ）

俺は絵里《えり》さんの大胆な行動の意味を正確に理解していた。

俺がもし先ほどの絵里《えり》さんからの脅しを真理愛《まりあ》に話した場合、自立心の高い真理愛《まりあ》は怒るだろう。

だから、だ。

この絵里《えり》さんのサービスは、真理愛《まりあ》への口止め料ということに違いない。

（くっ、絵里《えり》さん、なんて頭が回る悪い女なんだ……）

ありがとうございますっ！　もちろん黙っていますのでご安心くださいっ！

「ちょ、スエハル！　鼻の下伸ばしてんじゃねーよ！」

碧《みどり》に蹴られた。

いや、これで鼻の下伸ばさないのなんて無理だって。

「あれれ、もしかして碧《みどり》ちゃんも末晴《すえはる》くんにラブ？」

「はぇ⁉」

碧《みどり》が素っ頓狂な声を上げた。

碧《みどり》よ、思わぬことを言われてびっくりしたのはわかるが、慌てるな。その反応こそ絵里《えり》さんの餌食になっているぞ。

「ということは、黒羽《くろは》ちゃんと姉妹喧嘩《げんか》になるのかしら……熱いわね！　それとも白草《しろくさ》ちゃんとの先輩後輩関係が崩れるような、泥沼の争いが見られるのかしら……それも燃えるわ！」

「――お姉ちゃん」

淡々とした声。真理愛《まりあ》のものだ。

「昨日のお酒がまだ残ってるのかな？　もし残ってなくても関係ないけど」

……完全に怒ってる。

絵里《えり》さんもやりすぎたと気がついたのだろう。

慌てて俺から離れて両手を振った。

「真理愛《まりあ》、冗談だって！　冗談！　わかるでしょ⁉」

「もちろんわかってるよ、お姉ちゃん」

「真理愛《まりあ》……」

「──許さないけど」

タオルケットでミノムシのように丸められ、絵里《えり》さんが真理愛《まりあ》にズルズルと引きずられていく。

キッチンから声が聞こえた。

「ま、今回ばかりはモモさんに任せればいっか。それよりあたしは料理の仕上げを──」

「だから志田《しだ》さん！　ジンジャーエールから手を離して！」

どうやら白草《しろくさ》が危機的状況らしい。

俺は目を覚ますために両頰を叩《たた》き、加勢すべくキッチンへ向かった。

＊

小春日和の日曜日。

ぽかぽか天気に誘われて公園でのんびり——なんてできたらよかったが、来週に収録が迫っている。

真理愛《まりあ》という最高の練習相手が付き合ってくれることもあり、昨夜に続いて俺は演技の練習を行っていた。

何度も目を通した台本を、再度読み直し、イメージを膨らませる。

俺の役は、NODOKAさんに恋する男子高校生だ。

ドラマの中でNODOKAさんは、最終回一話前、夢を追うために会社を辞めることを決意する。そんなNODOKAさんの前に突然現れる高校生——それが俺というわけだ。

俺は昔、NODOKAさんの近所に住んでいた弟的な存在で、そのころから一途《いちず》に『憧れのお姉さん』であるNODOKAさんを慕っていた。


『——大人になったら、お姉ちゃんと結婚する！』

『はいはい、立派になったらね』


子供のころ交わされた、現実的にはほぼかなわない約束。

これを俺は覚えていた。

そして十八歳になり、成人した俺はNODOKAさんの前に現れたというわけだ。

俺はある意味『都合のいい年下の男』だった。

NODOKAさんの夢を応援し、いつまでも待つと言う。恋と夢の狭間《はざま》で悩むNODOKAさんに、最後の選択を迫る主人公のライバルというわけだ。

ちなみに真理愛《まりあ》は最終回で登場。俺に想《おも》いを寄せる同級生役で、NODOKAさんを敵視してバチバチとやり合うポジションになる。

NODOKAさんが俺たちを推薦してくれたのは、演技力に期待しているだけでなく、高校を卒業した人に高校生役をやらせるより、現役高校生にやらせたほうがしっくりくるという部分もあったからだろう。

「『子供のころからずっと好きだったんです』」

昨夜のどんちゃん騒ぎのゴミを片付け終わった真理愛《まりあ》の家のリビング。

テーブルをどけ、スペースのできたリビングの中央で、俺は白草《しろくさ》に向かって告げた。

一番NODOKAさんにイメージが近いのは絵里《えり》さんだったが、バイトに行ってしまったため、次点で白草《しろくさ》が選ばれたのである。

「『あなたをずっと忘れられなくて……』」

俺は精いっぱいの気持ちを込めて告白した。

セリフだけど、本気であると伝わるように。

脳のスイッチを入れ、心を燃え上がらせる。

『俺はあなただけを、ずっと想《おも》っていました……』」

熱っぽく、長年の想《おも》いを意識して。

焦燥と、高揚と、不安を混ぜてうるんだ瞳で見上げる。

「『お願いします。俺と付き合ってください。そのためなら俺は……何でもします』」

すると白草《しろくさ》は赤面し、両手で胸を押さえた。

「私もずっと忘れられなかったわ、スーちゃん……。告白、受けます」

「カットカット！」

恐ろしい速度で黒羽《くろは》が割って入った。

「ちょっと可知《かち》さん！　台本！」

「………………」

白草《しろくさ》は右手で持った台本を一瞥《いちべつ》すると、ポイッと捨てた。

「セリフは全部覚えたし、問題ないわ」

「全然覚えてないじゃない！」

「小説家を舐《な》めないでもらえるかしら？　これはアドリブというやつよ」

「スーちゃんとか言っていたんだけど⁉」

「幻聴よ。あなたにとって受け入れられない現実が目の前で起こってしまったため、つい脳が誤作動を起こしたのよ」

「現実とドラマを故意に混同したのは可知《かち》さんでしょ！」

「なんだかうるさい女がいるわね……。そんなことよりスーちゃん、天気もいいし、これから初デートに行かない？」

「話を強制的に繋《つな》げないで！」

二人はぎゃあぎゃあとやり合い、収まる様子が見えない。しかし俺が止めに入っても泥沼となるだけだ。

ここは……もう一度新戦力に期待してみるか。

「陸《りく》、止めてくれ！」

「先輩の頼みとあれば……わかりましたっ！」

陸《りく》がシャツの袖をたくし上げ、太い上腕二頭筋を見せつけ突撃する。

「先輩たち、練習を――っ！」

「――邪魔よ！」

「――あっち行ってなさい！」

「ぎゃあっ！」

「陸《りく》っっ⁉」

やべっ、一撃で吹き飛ばされた⁉

ならばもう一人の新戦力の出番だ！

「碧《みどり》！」

そう呼んで横を見ると、碧《みどり》が頭を抱えていた。

「ううっ、白草《しろくさ》さんのイメージが……」

あー、お前かなりシロを尊敬していたもんなぁ。

今日の白草《しろくさ》は哲彦《てつひこ》と玲菜《れな》がいないせいか、いつもより積極的な感じがあるし……。

さっきの『告白、受けます』も、もし二人きりだとしたらかなりヤバかった。黒羽《くろは》が空気をぶち壊しにきても、心臓を摑《つか》まれているような感覚があったほどだ。演技に対する返しだとわかっていても、鼓動が落ち着かずにいる。

「順番！　順番にやろ！　次、あたしで！」

「もう面倒くさいのでそれでいいですよ。白草《しろくさ》さん、ちょっとどいてください」

真理愛《まりあ》はやれやれモードだ。

さっきの白草《しろくさ》の告白にドキリとさせられたとはいえ、ちゃんと練習をしたい俺は真理愛《まりあ》に賛同した。

というわけで、NODOKAさん役が黒羽《くろは》に変わった。

真理愛《まりあ》は言った。

「ここは初心に返って、十一話の四十ページ冒頭からやり直してはどうですか？」

「そうだな」

台本のページをめくり、軽くセリフを目で追った。

ただ台本を見ながらだと演技の邪魔になる。

なのですぐに丸めてジーパンの後ろのポケットに差し込んだ。

「黒羽《くろは》さん、大丈夫ですか？」

「うん、了解」

黒羽《くろは》が深呼吸をする。呼吸をするごとに、役に入っていくのが見て取れた。

ＮＯＤＯＫＡさんの役どころは夢と恋に揺れるキャリアウーマン。

背が低く、ロリっぽい見た目の黒羽《くろは》はどうしてもイメージがずれるが、ここは何も言うまい。

問題は空気感だ。俺だって今回の役のような『年上の女性に一途《いちず》にアタックする可愛《かわい》げのある男子高校生』ではない。でも役に入り込むことで、そういう人間に見せるのだ。

「では……スタート！」

真理愛《まりあ》の合図で演技が始まった。

「『ごめん……君、誰？』」

……やっぱり黒羽《くろは》の演技力は上がっている。

クールな黒羽《くろは》って見たことがないから物凄《ものすご》く新鮮だ。

現実では黒羽《くろは》が冷たく怒っているとき、長い付き合いなので、どうしても湿っぽさが出る。

でも今はちゃんと演技ができているため、初対面の人に向ける警戒感があった。

「『あっ……。そう、ですよね……やっぱり、覚えてないですよね……』」

他人行儀な態度に、俺はショックを受けたように見せる。

寂しさをアピールし、可愛《かわい》げを入れるのが大事だ。

「『しょうがないですよね……。もう十年も前の約束ですし……当時は敬語も使ってなかったですし……』」

「『十年前……？』」

「『俺、十八歳になりました。大人になったんです……お姉ちゃん』」

黒羽《くろは》がハッと目を見開く。

「『その呼び方……まさか……っ』」

俺は照れと緊張を覚えながらも、勇気を振り絞って告げた。

「『大人になったら結婚するって約束、覚えていますか？　俺は覚えています。子供のころからずっと好きだったんです』」

俺は頭を下げて手を前に出した。

「『――結婚してください』」

「もう、ハル……しょうがないんだから」

黒羽《くろは》は照れくさそうに鼻の頭を掻《か》き、俺の手を取った。

「ちょっとちょっと！　志田《しだ》さん、何やってるわけ！」

白草《しろくさ》が猛烈な勢いで突っ込んでくる。

黒羽《くろは》は首を傾《かし》げ——ニコッとほほ笑んだ。

「パクらないでもらえますか、黒羽《くろは》さん！」

「それ、桃坂《ももさか》さんにいつも言ってるけど、とぼけられてないから！」

黒羽《くろは》は余裕を感じさせる笑みを浮かべた。

「二人とも、嫉妬はみっともないよ？」

「この女、したり顔で何を言ってるのかしら⁉」

「最初は真面目にやっていただけに、いやらしいですよね」

黒羽《くろは》は不服そうに口を突き出した。

「モモさん、さっき可知《かち》さんが同じようなことやっていたとき突っ込まなかったのに、なんであたしのときだけ割り込んでくるわけ？」

「白草《しろくさ》さんはポンコツですし、演技も下手なので脅威を感じなかったのですが、黒羽《くろは》さんがやると、このまま指輪を買いに行きそうな恐怖が湧き上がりまして」

「さりげなくポンコツって言ってる⁉」

「まあ、そこはどうでもいいとして」

「よくないわよ！　桃坂《ももさか》さん、ちょっと小一時間説教したいから、私と志田《しだ》さん抜きで練習しておいて！」

「了解しました。じゃあ末晴《すえはる》お兄ちゃん、二人で練習頑張りましょうか」

ちょっと浮かれた響きのあるセリフに、白草《しろくさ》がギラリと目を光らせた。

「碧《みどり》ちゃん、二人がちゃんと練習しているか見張っていて！」

「わかりました！」

碧《みどり》が敬礼する。

真理愛《まりあ》は視線を床に落とし、舌打ちした。

「ちっ」

「ちっ、じゃないわよ！　女優ならもうちょっと品よくして欲しいものだわ！」

「あらあら、白草《しろくさ》さん？　モモはいつも品がいいですよ？　にもかかわらず監視をつけるという行動……ちょっとショックを受けてしまっただけです」

「まったく品なんてよくないだろ、腹黒タヌキ！」

「碧《みどり》ちゃん？　先輩に対する暴言、見逃せませんね。モモとちょっとお話ししましょうか？」

「おーっ、いいよ！　一度しっかり話そうぜ！」

「お、俺、真面目に練習したいんだけど……」

俺はそうつぶやいたが、女性陣は盛り上がっていて声が届かない。

「先輩、いつも大変っすね」

陸《りく》のしみじみとしたつぶやきに、俺はじーんときた。

「お前はいいやつだなぁ……」

陸《りく》は見た目的に、群青《ぐんじょう》同盟の中で一番不良に見られがちだ。

しかしこいつが一番常識人なんだよな、と改めて思わざるを得ない。

「……って、練習相手がお前しかいないわけなんだが」

「いいっすよ！　じゃあおれ、ＮＯＤＯＫＡさん役、やります！」

最高に嬉《うれ》しくない配役に、俺のやる気がダダ下がりになったのは言うまでもなかった。

＊

一週間なんてあっという間だ。

次の土曜になり、ドラマの収録日となった。

この日の収録は最終回一回前。

最後に俺の出番がちょっとあるだけで、真理愛《まりあ》の出番はない。

「うおーっ、おれがテレビに出るなんて……っ！」

現在、群青《ぐんじょう》同盟全員で駅から撮影現場まで歩いて向かう途中だ。

陸《りく》のテンションが高くなっているのは、俺と真理愛《まりあ》以外のメンツも通行人として出ることになったためだった。

哲彦《てつひこ》が監督と話が盛り上がり、『そうだ、群青同盟《ぐんじょう》のメンバー全員、通行人で出てよ。話題性が上がるだろうしさ』と声をかけられたらしい。

それを哲彦《てつひこ》は承諾。玲菜《れな》だけは自分は裏方だからといって見学となったが、残りのメンバーは全員参加となった。

「アタシ、緊張して三時間しか寝られなかったぜ……」

目の下にくまを作った碧《みどり》が頰を掻《か》いた。

本気で緊張しているようで、よく見ると手が震えている。

なので俺はからかってやった。

「大女優様だな、ミドリ。スカウトされるとか考えてるのか？」

「うっせーな、スエハル！　お前と違って撮影なんて初めてなんだよ！　それにちょっとくらい夢見たってバチは当たんねーだろ！」

「ま、俺も初めて通行人やったとき、同じこと考えたから人のこと言えないけどなー」

ずっと前のことだが、先輩がドラマに出るので、見学兼通行人役をやらせてもらったのだ。

ほんの一秒くらいしか映らなかったが、スターになったらどうしようみたいな妄想をしたのを覚えている。

当然、このときの通行人役で監督の目には留まらなかった。有名になれたのは『チャイルド・スター』のオーディションで主役を勝ち取ったおかげだ。

「お前もそうだったのか？」

「ああ、七歳とかのことだけど」

通行人程度でスターになれるわけないってわかっていても、ついつい妄想しちゃうんだよな……。

「アタシが五歳のとき、か……。お前がそんなこと考えてたなんて、まったく想像してなかったな……」

珍しくしおらしいので、俺は言った。

「ま、とりあえず気軽に、な」

「なんだか上から目線だな」

「俺、一応年上で役者としても先輩なんだが？」

「ムカつく」

碧《みどり》が不満げに口を膨らませる。

とはいえ本番前のため、攻撃はしてこなかった。

俺はいつもこのくらいおとなしくしていれば可愛《かわい》いのに——と思わざるを得なかった。

「おい、末晴《すえはる》」

歩きながら、哲彦《てつひこ》が手招きしてくる。

俺は首を傾《かし》げ、近づいていった。

「何だ？」

「練習の仕上がりはどうなんだ？」

哲彦《てつひこ》がこう聞いてきたのは、今週群青《ぐんじょう》同盟の集まりに全然参加してないせいだ。

用事があるとか言っていつも先に帰ってしまっていた。

まあ今回はドラマの撮影という性質上、群青《ぐんじょう》同盟単位で何かするわけじゃない。他のメンバーが通行人役で出ると言っても、頑張るのは出演者の俺と真理愛《まりあ》ぐらいなものだ。

でもいつも仕切ってる哲彦《てつひこ》がいないのは不自然だった。

「まあ、全力は尽くしたつもりだ。それよりお前は最近何やってるんだ？」

「んー、どこまで言うかなー」

「最初から全部言えよ」

哲彦《てつひこ》が暗躍するのは慣れているが、段々規模が大きくなっているだけに、心の準備をする時間が欲しいところだ。

「今、五月だろ？」

「ああ、それが？」

「普通の部活だと、三年生は夏休みぐらいに大会とかあって、それを最後に引退するわけだ」

考えてみると、もうたった三か月ぐらいしかないのだ。

三年生になったばかりだと思ったら、引退がすぐ間近に迫ってきている。

時間が過ぎるのが早すぎて怖い。

これは日常が楽しいからそう感じるのだろうか。

「オレらもせっかくだし、最後に大会みたいなのに参加して、でけーことしてぇなって思ってよ」

「何かいいのあるのか？」

「まだ非公開だが、コレクトジャパンテレビが主催で、ショートムービーのコンテストが企画されててな」

「非公開情報かよ」

さりげなく言ってるが、どこでそんな情報手に入れてくるのやら。

まあ、コレクトジャパンテレビとは『チャイルド・キング』の追加エンド絡《がら》みでお世話になったから、情報を入手できたのだろうが……まだ繋《つな》がっていたとは、こいつの社交性が恐ろしい……。

「規定のタグをつけてＷｅＴｕｂｅで公開するだけだから、参加しやすいし、グランプリを取ったら深夜帯だがテレビ放送もされるみたいだ」

さすがテレビ会社が集まって出資しているコレクトジャパンテレビ。テレビ放送の可能性があるのはがぜんやる気が湧くな。

「しっかし、WeTubeで公開なんだな。そういうコンテストって一日映画館貸し切って──っていう感じなのが普通だと思うんだが？」

「ああ、コレクトの推薦がある場合は映画館でも放送される。もちろん単館だがな」

「まさか俺たちも……」

「もちろん推薦をもらえることになってる。知名度から考えれば当たり前だろ」

あいかわらず手回しが異常にいいな、こいつ……。

「だとすると、グランプリは何で決まるんだ？　再生数勝負か？」

だとしたら群青《ぐんじょう》チャンネルの登録者がいる分、俺たちは圧倒的に有利だ。

「いや、審査委員による選考だ。ネットでの意見も参考にはするらしいが、再生数勝負だと知名度勝負になっちまうからさ。広告を打つって方法もあるしな」

「あー、なるほど」

その辺の配慮は必要になってくるよなー。

「聞いた感じまともなコンテストだと思うし、俺たちの卒業にふさわしい企画だと思うが──」

「──が、なんだ？　何か言いたそうだな？」

「何を企《たくら》んでる？」

「さてね」

さらっと言って哲彦《てつひこ》は離れていった。

言えるのはここまでということか。

卒業公演とも言える企画。

そう考えると寂しさがよぎるが——同時に怖さもある。

あの哲彦が、最後に何をやろうとしているのか。

絶対ただのショートムービーやコンテストじゃない、という部分だけは確かだった。

＊

撮影は順調に進んでいた。

話数的には十一話。出演者たちも慣れて、息が合っている。

先にみんなの通行人での出演があったが、俺は主演メンバーのほうを見つめていた。

悪いがみんなのフォローをする余裕がない。出来上がった空気の中に入っていき、自分の役割を示し、溶け込まなければならないのだ。

だから俺は撮影を眺めつつ、脳内シミュレーションを繰り返していた。

「丸《まる》さん、出番です！」

「……はい」

俺は監督のそばに用意されたパイプ椅子から立ち上がった。

登場人物は俺とNODOKAさんだけのシンプルなシーンだ。

恋と夢に悩むNODOKAさんが仕事を終え、会社から出てくる。

俺は辺りが暗くなったにもかかわらず待ち受けていて、NODOKAさんに話しかけるところからシーンは始まる。

撮影開始の前にある、僅かな静寂。

期待と不安に包まれた、皮膚を突き刺すような緊張感がたまらない。

「ふー」

俺は大きく息を吐き出し、脳内のスイッチを切り替えた。

「シーン二十五！　カット七十三！　……スタート！」

監督の掛け声とともにカメラがスーツ姿のNODOKAさんにピントが合い、暗くなったビルの玄関から出てくる。

「『あの……』」

制服姿の俺は、ややためらいつつNODOKAさんに声をかけた。

「『ごめん……君、誰？』」

NODOKAさんはさすがの演技だ。美しくスマートで、警戒心を感じさせるがまったく動じない姿勢に強い女性を自然と感じさせる。

「『あっ……。そう、ですよね……やっぱり、覚えてないですよね……』」

NODOKAさんとのギャップをなるべく作りたい。そうしたほうがキャラがわかりやすく、映えるからだ。

俺は練習よりもショックの気持ちを強めに出した。ちらりと見上げることで、ややあざといかもしれないが、年下としての可愛《かわい》げをアピールする。

「『しょうがないですよね……。もう十年も前の約束ですし……当時は敬語も使ってなかったですし……』」

「『十年前……？』」

「『俺、十八歳になりました。大人になったんです……お姉ちゃん』」

「『その呼び方……まさか……っ』」

「『大人になったら結婚するって約束、覚えていますか？　俺は覚えています。子供のころからずっと好きだったんです』」

俺は頭を下げて手を前に出した。

「『──結婚してください』」

「カァァァット！」

監督の声でシーンは終わりを告げた。

俺の感触としてはまずまず。まだ積み増しはできるかもしれないが、目立った失敗はなく、NODOKAさんとの初絡《はつがら》みにしては波長を合わせることができた。

「……もう一回いいですか？」

感想は何も言わず、NODOKAさんは監督に提案した。

「わかった」

やり直す必要を感じたのか、監督は素直に応じた。

そして同じようにやり直し——俺は同じ感覚を覚えた。

（悪くないはずだ）

と俺は考えていた。

しかし——

「…………」

クールなNODOKAさんは腕を組んで思案するばかりだ。

間がとても怖い。

NODOKAさんは大きく息を吸うと、俺を正面から見据え、はっきりと言った。

「末晴《すえはる》くん、あなたから運命を感じない」

「…………」

表現を配慮してくれているが、これははっきりと『ダメだ』と言われているのと同義だ。

俺は奥歯をかみしめずにはいられなかった。

「演技力だけで見れば、君は伊吹《いぶき》くんより遥《はる》かに上よ」

「ちょ、NODOKAさん⁉　そうかもしれないですけど、俺にも立場ってものが⁉」

伊吹《いぶき》さんが突っ込んだ。

茶髪で長めの髪が似合う正統派イケメンなのに、顔が崩れている。

まあ一役者として考えると、全否定されていると聞こえるセリフなのでしょうがないとも言えるところだろう。

NODOKAさんは切れ長の瞳でギラリと伊吹《いぶき》さんをにらみつけた。

「立場？　アイドル上がりで初主演のくせに、子役のころから演技力に定評がある丸《まる》くんと張り合えるつもりだったわけ？」

「あっ、いえ、その……すみません」

NODOKAさん、キレッキレだな。

どんな相手にも容赦がない。でも、仕事ができる。

頭が良く、カッコいい女性だ。

だからこそ俺は、先ほどの『運命を感じない』の一言を重く受け止めていた。

「もう少し具体的に教えてください。例えば伊吹《いぶき》さんには運命を感じますか？」

俺は少しでもヒントをつかみ取りたかった。

伊吹《いぶき》さんが顔をしかめる。また自分がこき下ろされると思ったのだろう。

だが俺もいっぱいいっぱいだ。後で文句を言われたら謝っておくとしよう。

NODOKAさんは腕を組んで口を開いた。

「……そうね。伊吹《いぶき》くんからは運命を感じてる」

「え？」

意外だったのか、伊吹《いぶき》さんが嬉《うれ》しそうに顔を上げた。

本来なら俺なんかとは縁のない人気アイドルなのに、ここだけ見てると忠犬のように見えるから不思議だ。

「伊吹《いぶき》くんには下手でも私への愛があった」

「ぶふっ！」

伊吹《いぶき》さんが噴き出した。

「ちょっ！　二つツッコミどころがありまして、まず下手って露骨に言うのはできればやめて欲しいなーっていうのと、あの――」

「伊吹《いぶき》くん、収録が始まってから私に惚《ほ》れ始めているから。だから運命があるようになってるのよ」

「ぶふっ！」

伊吹《いぶき》さんがまた噴いた。

ああ、リアクションからして事実なのだろう。

なんというか、ご愁傷様としか言いようがない。こんなところで好きな相手本人からバラされるなんて、とてつもないダメージだよな……。

「これは夢だ……現実じゃないんだ……」

伊吹《いぶき》さんが膝を抱えて逃避する。

何だろう、伊吹《いぶき》さんに物凄《ものすご》い共感を覚えてしまうのは。

アイドルっていけ好かないイケメンばかりだと思っていたけど、顔がいいだけで心は結構普通の人と変わらないのかもしれない。

ＮＯＤＯＫＡさんはため息をつき、俺に視線を戻した。

「丸《まる》くんは演技が表面上のものだけになってる。今のままでも合格点を出せないことはない。でも個人的には、正直物足りない。学園祭で見せてくれた運命感が欲しい」

「俺の演技力があのときより落ちている、と？」

「そうは言ってない。細部に関してはあのときよりいいくらい。でもね……悪く言えば、演技力が鼻につく」

「っ！」

これほど痛烈な指摘はいつぶりだろうか。

そうだ、元々こうだった。

子役のとき、子供に対する配慮はあっても、ダメなときは厳しく言われた。

ここは一度限りの人生を役者に捧《ささ》げ、しかも才能があって、努力を当たり前のようにし、運まで摑《つか》んだ人が戦っている『本気』の場所。俺の母親が夢を抱いて長年目指し、それでも届かなかったところなのだ。

すねることは簡単だ。逃げることも簡単だ。


『――厳しく言われているときこそチャンスだと思いな』


俺を子役として大成させた元ハーディプロの社長――ニーナおばちゃんがよく言っていたセリフだ。

ニーナおばちゃんはこういう精神をお抱えの役者に叩《たた》き込み、一代で芸能プロダクションを作り上げた。

今は瞬《しゅん》社長に代替わりしておそらく『古臭い教え』のようになっているだろうが、その教えは今も俺の血の中に流れている。

だから俺はぐっと耐え、次の言葉を待った。

「私が演劇出身だからより感じるのかも。小手先の技術があるほど気になっちゃうのよね。なんていうか、パターン化しているっていうか」

「……俺も子役時代劇団に所属していたのでよくわかります」

「そうだったわね。なら話が早いわ。恋に落ちるって技術と違うでしょ？　論理を超えたところにあるんじゃないの？　伊吹《いぶき》くんは技能じゃないものがちゃんとある」

「……はい」

「確かに君は、突然の登場で視聴者の心を摑《つか》まなきゃいけない分だけ不利よ。しかも、伊吹《いぶき》くんが十話以上かけて積み上げてきた想《おも》いに張り合わなきゃいけない。とても難しい役よね」

「……わかります」

「でもやってもらわなきゃ困るわ。いきなり現れて結婚を申し込んでくるなんて、不審者と紙一重よ。それを物語としてロマンティックに見せるには、あなたに魅力があることが最低必要条件なの」

「……理解しています」

「ならやって。私は、君にはそれができると思っている。もっと私の気持ちをときめかせて。揺るがせて。迷わせて」

「…………はい、すみません」

NODOKAさんはあごに手を当て思案した。

「監督、あと一回だけいいですか？　ダメならこのシーン、明日に回すことってできますか？」

「そりゃできるけど……末晴《すえはる》くんは？」

「NODOKAさんの提案通りで構いません」

「じゃ、それでラスト一回やろっか」

監督が声を張り上げた。

「シーン二十五！　カット七十三！　……スタート！」

こうして俺のシーンが始まる。

しかし——

結論だけ言えば、俺はNODOKAさんを満足させられなかった。

「残念ね。明日までに改善してきて」

冷めた口調で言うNODOKAさんのセリフが、心臓に突き刺さる。

あまりの悔しさに涙腺が緩むが、俺はぐっと拳を固めて我慢した。

「…………はい、わかりました。必ず納得させる演技をします」

「いいね。そういう執念を感じる言葉、好きよ」

次の収録は、明日。

一週間練習してきて通用しなかったものを明日までに改善するのは、本当に難題だ。

でも時間なんて関係ない。やるしかないのだ。

NODOKAさんに認められないようなレベルでは、ヒナちゃんにかなうはずがない。

どうにかして掴《つか》まなければならない。

そのヒントがどこに転がっているのか、俺には見当がつかなかった。

だとしても、あがかなければならなかった。

＊

撮影は終わった。

また明日、最終回の撮影があるため、早めに帰って休むのがいいはずだ。

(でも、ハルは……)

黒羽《くろは》はため息をついた。

元々の予定では、全員で帰ることになっていた。しかし末晴《すえはる》は居残り練習したいと言った。

そして真理愛《まりあ》を練習パートナーとして指名し、あとのメンバーは帰ってくれと言った。

末晴《すえはる》が苦戦していた姿を見ていただけに誰も反対できず、二人を抜いた群青《ぐんじょう》同盟のメンバーで帰宅中というわけだった。

黒羽《くろは》が道路を黙々と歩いていると、白草《しろくさ》が横に並んだ。

「志田《しだ》さん、スーちゃんと桃坂《ももさか》さんが二人きりになるの、反対しなかったのね」

「もうずっと前からモモさんの術中にはまっちゃってるし、どうせ止められないし」

「術中？」

黒羽《くろは》は胸の前でデコピンをした。

誰かに当てるためにしたわけじゃない。今の自分のイメージを示すためにやったことだった。

「ヒナさんが合宿に来たことで、ドミノが倒れた感じ」

「もう少しわかりやすく言ってくれないかしら？」

「ヒナさんが来たのは、ハルと勝負したかったから。それは間違いないと思うの」

「まあ……そうね」

「それでヒナさんみたいな芸能界の最前線の人に触れたら、ハルは芸能界へ思考が傾くでしょ？」

「それも無理のないことね」

「芸能界のことを考えれば、進路問題に突き当たる。あたしたち、高三になっちゃったし」

「そこへ桃坂《ももさか》さんがドラマ出演の誘いをかける――なるほど、ドミノじみているわね」

周到に用意されていた。

一つ一つの事項は単独で別の意味を持っているように見えるだけにたちが悪い。

しかし繋《つな》げてみるとわかる。

明らかに末晴《すえはる》の芸能界復帰への道筋ができている。

そしてさらに苦々しいのは――

「問題は、あたしじゃ手が出せない話題なんだよね……」

黒羽《くろは》はため息をついた。

「進路はハル自身が決めることだから」

「……悔しいけれど、そういう意味では私も同様ね。芸能については、私もスーちゃんと同じ場所に立てない。どうしても桃坂《ももさか》さんの独壇場となってしまう」

芸能の話題になればなるほど、末晴《すえはる》と真理愛《まりあ》は二人だけになる。

群青《ぐんじょう》同盟の中で本物の芸能人と言えるのは、結局この二人だけなのだから。

「別に可知《かち》さんは好きにすればいいんだよ？　あたしはちょっかい出すのやめておこうかなーって思ってるだけで、今から邪魔しに行くのもありかもしれないよ？」

「志田《しだ》さん？　それ、墓穴を掘りに行けって言ってるでしょ？」

「何のことかあたしわからないなー」

ペロッと舌を出し、黒羽《くろは》が明後日《あさって》の方向に視線を向ける。

白草《しろくさ》の長い黒髪が怒りで揺れた。

「まったくこの女は……っ！　今、スーちゃんにベタベタしに行ったら、むしろ邪険にされるって私にだってわかってるわよ！　さらっと自爆するように誘導するなんて……あいかわらず腹黒い女ね！」

「あっ、腹黒って言った！　腹黒って言った！　その言葉はあたし、聞き逃せないんだけど！」

「この前碧《みどり》ちゃんから聞いたけど、二回も繰り返すなんて本当に地雷ワードなのね……『腹黒』」

「あっ、また言った！」

「——オレ、ちょっと用事思い出したからここで抜けるわ」

ふと立ち止まり、反転したのは哲彦《てつひこ》だ。

スマホが鳴るといった前兆もない。なのに元の道を戻ろうとしている。

「テツ先輩、あっしも付いていいったほうがいい案件ですか？」

玲菜《れな》が慎重な口ぶりで告げた。

「いや、別に今回は関係ねぇよ」

「じゃあ何をしに？」

「ん～、なんつーか……直感つーか……」

哲彦《てつひこ》は後頭部を掻《か》いた。

「ここまで有利な状況だと、真理愛《まりあ》ちゃんも油断しそうかな、と思ってな」

「油断ってなんすか？」

陸《りく》が尋ねたが、哲彦《てつひこ》は答えなかった。

手を振るだけで、すでに背を向けて歩き出している。

そのまま哲彦《てつひこ》は角を曲がり、姿が見えなくなった。

碧《みどり》が肩をすくめた。

「前から思ってたけど、甲斐《かい》先輩って訳わかんない言動、多いよなー。何考えてるのかまったくわかんねー」

「私もわからないわよ。だから気にしなくていいわ」

白草《しろくさ》は碧《みどり》に同意し、一刀両断した。

黒羽《くろは》が苦い顔をする。

「あたし的には、考え方とかわからなくない部分はあるんだけど……見せないところが多すぎて……」

「さすが志田《しだ》さん、腹黒だから思考がわかるのね」

「三回目っ！　もう許せないから！」

「クロ姉ぇ、腹黒なことはそろそろ認めろっていつも言ってるだろ」

「ちょ、放しなさいよ、碧《みどり》！」

怒る黒羽《くろは》を碧《みどり》が羽交い絞めにして拘束した。

「――テツ先輩は、いい人ではないっスよ」

玲菜《れな》がポツリとつぶやく。

そこに込められていた感情があまりに複雑で――

その場にいた全員は押し黙った。

「でも、悪人でもないっス。少なくとも、あっしにとっては」

「玲菜《れな》ちゃん……」

黒羽《くろは》がそっと玲菜《れな》の肩に触れると、玲菜《れな》は苦笑いを浮かべた。

「もし悪人と言えるような方向にテツ先輩が行くとしたら、あっしが全力で止めるっス。もちろん皆さんに迷惑をかけるような場合も、あっしがなんとかするっス。なのであと少し……テツ先輩に付き合ってもらえないっスか？　あの人は根本的に孤独な人で……でも皆さんはたぶん、初めて仲間と言える人たちなんス……だから……」

誰もが知っていた。群青《ぐんじょう》同盟内で玲菜《れな》が一番哲彦《てつひこ》に近い位置にいる、と。

だから彼女の言葉は、非常に重かった。

「安心して、玲菜《れな》ちゃん」

黒羽《くろは》は言った。

「確かに哲彦《てつひこ》くんは厄介な性格をしてると思うけど、一応それを含めて友達やってるつもりだから」

「あの男から悪どさが抜けたほうが気持ち悪いわ」

「そうっすねー。まっ、マジでヤバいことしそうなときはガラを拘束すればいいんっすよ」

「うわっ、引くわー。間島《まじま》、その考えはヤバすぎるってー」

「さすがに碧《みどり》に同感」

「うっ、志田《しだ》先輩、すみません！」

陸《りく》が腰を九十度に曲げて頭を下げる。

黒羽《くろは》は肩から力を抜いて玲菜《れな》を見た。

「もし哲彦《てつひこ》くんが危ない方向に行こうとするなら、ハルが全力で止めるよ。なんだかんだいって、あの二人気が合ってるから。それはハルとよく喧嘩《けんか》になる玲菜《れな》ちゃんでもわかってるんじゃやない？」

「………そっスね」

思いつめた表情をしていた玲菜《れな》が、ほんのりと笑った。

「丸《まる》パイセンはおバカで、セクハラばっかりで、すぐ先輩風を吹かせてくるヘタレですが……そうっスね。その点は、信用できるっス」

ならよかった、と黒羽《くろは》はつぶやき、一行は再び駅に向けて歩き出した。

＊

「悪いな、モモ」

俺は撮影のあったビル近くの公園で、真理愛《まりあ》に謝った。

本来ならどこかの稽古場を借りたかったが、時間は少なく、金銭的余裕もない。また撮影現場近くのほうが空気感を思い出せる気がしたため、ここにしたのだった。

「気になさらず。末晴《すえはる》お兄ちゃんが全力を発揮できないと、モモも予定が狂うので」

「予定？」

「あ、いえ。何でもないです」

そう言って、真理愛《まりあ》はさらりと話題を変えた。

「しかし、残るのはモモだけでよかったんですか？」

「先週、みんなに付き合ってもらったら専念できなかったからさ」

さっきだってみんな俺を手伝うと言ってくれた。

それは本当に嬉《うれ》しいし、ありがたい。

でも仲がいいだけに楽しくなってしまう。つい脇道に逸《そ》れやすくなってしまう。

今は勝負のとき。

だから自分を追い込む意味も込めて、真理愛《まりあ》にだけ残ってもらったのだった。

「黒羽《くろは》さんと白草《しろくさ》さん、あっさり引き下がってくれましたね……」

「ん？　そりゃあの二人は演技についてわからないから当然だろ？」

「末晴《すえはる》お兄ちゃんのことを最優先で考えてくれたんですね。ありがたいことですが、あの二人にとって失策となると考えなかったのでしょうか？　いえ、それともその程度では揺るがないほどのアドバンテージがあると考えているのでしょうか……？」

真理愛《まりあ》は独り言のようにぶつぶつとつぶやく。

俺は最初の部分しか聞こえなかったので、あえて突っ込まなかった。

「ありがとな。お前も自分の役があるっていうのに」

真理愛《まりあ》は明日の撮影が本番。本来なら俺に構っていられるような状況ではない。

にもかかわらず居残り練習に付き合ってくれたことに、感謝しかなかった。

「いえ、かつてモモはたくさん末晴《すえはる》お兄ちゃんに助けられてきました。それを少しだけ返しているにすぎません」

「そう言ってくれると助かる」

俺は勢いよく頭を下げた。

「じゃあ、さっそくさっきの場面、もう一度やってみていいか？」

「はい。じゃあモモはNODOKAさんの役で」

日はすでに暮れている。

こうして俺たちは居残り練習を始めた。

…………………

……

「どうだ？」

「……攻め方は変わりました。でも、おそらくNODOKAさんの要求した『運命感』とは違います」

「ぐっ──」

何度目かの指摘に、俺は歯を食いしばった。

自分でもわかる。真理愛《まりあ》の言う通りだ。また小手先を変えただけ。俺は期待された水準に達していない。

一番大事な何かが足りていない。

「──一度、役柄入れ替えてやってもいいですか？」

突然、真理愛《まりあ》がそう提案してきた。

「……役柄って、どういう意味だ？」

「モモが末晴《すえはる》お兄ちゃんに再会したようなセリフで迫ります。末晴《すえはる》お兄ちゃんは、忘れている演技をしてもらっていいですか？」

なるほど、そういうことか。確かに性別が逆になることによるセリフのアドリブぐらいは難しいものじゃないし、新たな発見があるかもしれない。

ここは素直に提案に乗ることにしよう。

「わかった、頼む」

「じゃあやってみましょう」

真理愛《まりあ》が目をつぶって深呼吸をする。

そして目を開けると——そこには恋する乙女が立っていた。

「『あの……』」

俺はぞわり、と全身に鳥肌が立った。

真理愛《まりあ》のやつ、出来上がっている。

たった一言しかない『あの』に込められた乙女感といったらない。

迷って、悩んで、苦しんで、でも恋する気持ちがゆえに声をかけずにはいられなかった感情がにじみ出ている。

「『ごめん……君、誰？』」

「『あっ……。そう、ですよね……やっぱり、覚えてないですよね……』」

俺はNODOKAさんを模しているため、クールな演技をしたが、内心気圧《けお》されていた。

ためらいがちな仕草、ショックが隠し切れない表情が俺の胸を締め付ける。

もちろん俺だって、ためらいやショックなど、表現しようと思って演技をしていた。

でも真理愛《まりあ》の演技は本質が違う。

「『しょうがないですよね……。もう十年も前の約束ですし……当時は敬語も使ってなかったですし……』」

「『十年前……？』」

「『私、十八歳になりました。大人になったんです……お兄ちゃん』」

「『その呼び方……まさか……っ』」

「『大人になったら結婚するって約束、覚えていますか？　私は覚えています。子供のころからずっと好きだったんです』」

真理愛《まりあ》は頭を下げて手を前に出した。

「『――結婚してください』」

ダメだ、頭がクラクラする。

これは演技の練習だ。

なのにあまりに真理愛《まりあ》の演技が真に迫りすぎて、本気でプロポーズされているように感じて

しまっている。

呑《の》まれている。その演技の素晴らしさに。

クールに演じなければならないのに、胸が高鳴って役に没頭できていない。

（もし――）

そう、もし俺が今、真理愛《まりあ》の手を取ったら結婚できてしまいそうな……そんなイメージが自然と湧いてくる。

それが嫌ではなく、まるで運命の一部であったような気になる。

「っ――」

ふと、俺は我に返った。

――そうか、これが……『運命感』か。

きっとNODOKAさんが俺に求めているもの。

こういう気持ちにさせろ、とNODOKAさんは言っていたのだ。

「……ありがとう、モモ」

俺は深く頭を下げることで、演技の終わりを示した。

「モモ、本当にいい演技だった。NODOKAさんの言っていた『運命感』が少しわかった気がする」

「……本当に、わかってますか？」

意外な言葉が返ってきた。

真理愛《まりあ》は一歩近づき、可愛《かわい》らしく大きな瞳を真《ま》っ直《す》ぐ俺に向けてくる。

「モモに、運命を感じましたか？」

「……え？」

「モモは末晴《すえはる》お兄ちゃんの『運命の人』になり得る可能性はありますか？」

「………………」

俺は瞬《まばた》きをした。

真理愛《まりあ》の行動が唐突すぎて、すぐに反応ができない。

告白してくれているようにも感じられるが、演技の練習をしているようにも感じられる。

真面目に回答して、笑われたりしないだろうか？　実はからかっていたりはしないだろうか？　なんて想像が頭の片隅をよぎる。

ただその考えはすぐに打ち消した。

（……いや、自分に自信がなくても、その考え方はダメだ）

からかわれていたっていいじゃないか。

俺は真理愛《まりあ》に好意を持っているし、真理愛《まりあ》は直球で俺のことを好いてくれている。

もちろんどこまで本気かはわからないが、好意は確実に持ってくれている。

からかわれるなんてネガティブ思考でなく、真《ま》っ直《す》ぐ受け止める必要が俺にはあるんじゃないだろうか。

だから言った。

「モモ——俺はお前を、意識してるよ」

恥ずかしい気持ちを抑えつつ、俺は正直な気持ちを告げた。

「…………」

「…………」

「…………」

「……ふぇ？」

真理愛《まりあ》の頬が真っ赤になった。

しばらく間があったのは、俺のセリフを認識するのに時間がかかってしまったためのようだ。

「そそ、それって、すす、末晴《すえはる》お兄ちゃん！」

「落ち着けって、モモ」

「落ち着いている場合じゃないですよ！」

「あ、なんかごめん」

凄《すご》い勢いで怒られた。

「もぅ～っ！　末晴《すえはる》お兄ちゃんはどうしてそういうことを突然言い出すんですか～っ！」

「あっ、えっ、俺が悪いのか……？」

「そうです！」

いつも余裕たっぷりな真理愛《まりあ》にとって、逆ギレは珍しい。

「素直な気持ちを言っただけなんだが。俺だって言うの、恥ずかしかったんだぞ？　でもお前が凄《すご》く真剣に言ってくれたから、ちゃんと口に出さなきゃと思って……」

「うう～、ううううぅぅ～っ！」

なぜかうなりながら、真理愛《まりあ》はベレー帽で顔を隠した。

あの演技派の真理愛《まりあ》が耳まで真っ赤になってうなるなんて初めて見る光景だ。

「…………」

「…………」

俺たち以外人がいない公園に、静寂が広がる。

もちろん車が通る音くらいはするが、今まで演技の練習に没頭していたため、そのギャップに戸惑ってしまう。

「あっ」

ふと、俺は思い出した。

明日の撮影まで時間がないことに。

「す、すまん、話が変わっちゃうが、いや、その……モモのおかげで運命感は何となく感覚としてわかった気がするんだ……。でも今度は自分が出せるかどうかって問題があって、その改善するための理由を――」

「今、チャンス……ですよね」

ベレー帽で顔を隠したまま、真理愛《まりあ》がつぶやく。

ただ声に冷静さは戻っていた。

「ん？　何のだ？」

「それは、ですね――」

真理愛《まりあ》はベレー帽を移動させ、俺を見上げた。

不意打ちぎみに向けられた大きな瞳に、俺の鼓動は先ほどと同様に高鳴った。

「それは――」

ゆっくりと真理愛《まりあ》の可愛《かわい》らしい唇が、なまめかしく動く。

うるんだ瞳。

悲しいからじゃない。思いが溢《あふ》れているために、自然と雫《しずく》になっているのだ。

運命を感じさせるものが、そこにはある。

真理愛《まりあ》は大きく息を吸い、口を開いた。

「──お前がグダグダ悩んでるのがダメなんじゃねーの？」

まったく別の方角から声がした。

姿は見えなかったが、声で誰かはわかった。

「哲彦《てつひこ》！」

哲彦《てつひこ》はだるそうに首を回しながら近づいてきた。

「お前さ、今、志田《しだ》ちゃんと可知《かち》に告白されて、誰を選んでいいか保留してるだろ？　加えて進路も大学進学か芸能界に行くかで悩んでる。そんなフラフラ悩んでるやつが『運命感』なんて出せるわけないだろうが。『運命』ってのは、確定している未来みたいな意味だぞ」

ちぃっ、と真理愛《まりあ》は舌打ちする。

しかし哲彦《てつひこ》を非難することはせず、むしろ俺の疑問を代弁した。

「哲彦《てつひこ》さん、どうしてここに？」

「群青同盟《ぐんじょう》のリーダーとして、付き添いをしようと思ってな。でも思ったよりちんたらやってるから、オレからアドバイスしたほうが早そうかなーと思って」

「そうでしたか。でもそれならご心配なく。モモだけで大丈夫ですので」

「大丈夫には見えなかったがな」

真理愛《まりあ》はこめかみに血管を浮き立たせた。

「はぁ〜、ほぅ〜、モモに不手際《ふてぎわ》があった、と。ぜひどこがどう悪かったのかご教授いただきたいところですね？」

哲彦《てつひこ》が軽く手招きする。

真理愛《まりあ》は眉間に皺《しわ》を寄せながらも、哲彦《てつひこ》に歩み寄った。

俺に聞かせたくない話なのだろう。

二人は俺に背を向けて会話を始めた。

「なら言うが……真理愛《まりあ》ちゃんさ、ここが勝負どころじゃないだろ？」

「!?」

「フライングはしてもおいしくないぜ？　そう忠告しようと思って」

「……まったく哲彦《てつひこ》さんはよくお見通しで」

「まあ、次の予定はオレが仲介してるし？　あとは真理愛《まりあ》ちゃんの性格を考えると、何となく読めるっていうか」

「あまり見えすぎると、女性から嫌われますよ？」

「その自覚はある」

声はボソボソとしか俺に聞こえてこない。

ただどうやら、真理愛《まりあ》と哲彦《てつひこ》は何かを裏で動かしているらしい。それが何か見当はつかないが、仲が良くて協力するといった類の話ではなさそうだ。

ふと、哲彦《てつひこ》が俺を見た。

俺への内緒話は終わりのようだ。

「で、末晴《すえはる》。お前、どうするんだ？」

「どうするって？」

「お前、恋愛でも進路でもフラフラしてるから『運命感』が出てないんじゃねーのって言ってんだよ」

「うっ――」

急所を一突き。

俺は反論の言葉がまったく思いつかなかった。

「オレなら嘘《うそ》でも、少なくともその場では『お前しかいない』って思わせるように口説くぜ」

「最低なセリフありがとな、死ね！」

俺は突っ込んだが、笑って流すこともできなかった。

最低なことだが、哲彦《てつひこ》なら女の子を口説くとき、『運命感』ってやつを出していそうだからだ。

だとしたら、今の俺は哲彦《てつひこ》よりもイマイチな演技をしていることになる。

「別に今、恋愛の決着をつけろとオレは言うつもりはねぇよ。まだ土台が整ってねぇしな」

「土台……？」

俺の質問を哲彦《てつひこ》は軽くスルーする。

「でもな、進路はそろそろ決めてもいいぞ。ＮＯＤＯＫＡさんに肇《はじめ》さん、こんな大物と共演できるチャンスは、少なくとも高校在学中にはもうないだろうしな」

「……まあ、そうだな」

「付け加えるとな、今後芸能界を目指さねーなら、もう二度とこのレベルの人たちと共演なんてねぇよ。死ぬまでな」

そうだ。哲彦《てつひこ》の言う通りだ。

降って湧いたようなチャンスだが、こんなの当たり前のことじゃない。

今回、俺は運がよかった。超一流の役者との共演が降って湧いてきた。

でも普通に考えれば、大手事務所に所属していたってそんなチャンス、多くはない。

現役高校生だから……過去の実績と群青《ぐんじょう》同盟で話題性があるから……だから——ってだけで、本当に二度とないことなのかもしれないのだ。

進学を目指すか——

芸能界を目指すか——

すでに迷う時間はなくなった、と哲彦《てつひこ》は言っているのだ。

いずれ決めることじゃない。

タイム制限は『明日』まで、だ。

どちらかに決めることができれば、俺の迷いはなくなり、現在役柄で求められている『運命感』を出せると哲彦《てつひこ》は読んでいる。

そして俺は、この哲彦《てつひこ》のアドバイス――正鵠《せいこく》を射ているように感じていた。

真理愛《まりあ》の演技を見てわかった。

俺は足りていなかった。

本気で何年も好きなら、もっと好きなオーラを出さなければならなかった。

言葉の端々に宿る執念が足りてなかった。

表面の裏に隠された、情熱が弱かった。

『人魚姫』の演劇の際はできていた。

だって、進路の迷いは今ほど大きくなかったから。

ただ目の前の真理愛《まりあ》だけを見ればよかった。両親のことでボロボロになった真理愛《まりあ》を救おうと思う気持ちが雑念を消し、むしろ潜在能力を引き出すことに繋《つな》がった。

でも今は違う。迷いが多すぎる。

もし明日までに決断ができず、下手な演技をしてしまったのなら、どうなるだろうか。

芸能界へのハードルは上がるだろう。そのことから逃げるように大学進学を決めたら、きっと後悔が残り続けるに違いない。

それは最悪のパターンだ。

芸能界でも進学でも、ここできっちり後悔のない演技と結果を出すべきだろう。

「ふ～」

ゆっくりと深呼吸をする。

気持ちを落ち着け、俺ははっきりと口にした。

「お前の言う通りだ、哲彦《てつひこ》。俺、明日までに決めるよ。大学に進学するか……それとも、芸能界に進むか」

俺が一大決心で告げたのに、哲彦《てつひこ》はいつもの冷めた表情だ。

「ふーん、いいんじゃね？　じゃあ明日、答えを聞かせてくれるのか？」

「ああ」

「末晴《すえはる》お兄ちゃん……」

真理愛《まりあ》の不安げな横顔が俺の心を悩ます。

俺の選択は、真理愛《まりあ》に心を惹《ひ》かれていることが影響しているのだろうか。

進学か、芸能界か――これは自分が誰を選ぶのかと、切っては切れない関係にある。

きっと黒羽《くろは》と白草《しろくさ》は進学する。真理愛《まりあ》はどのタイミングかわからないが、芸能界に戻るだろう。

俺がもし進学すれば、真理愛《まりあ》との距離は遠くなり、黒羽《くろは》と白草《しろくさ》とは近いままだ。

俺がもし芸能界へ進めば、黒羽《くろは》と白草《しろくさ》との距離は遠くなり、真理愛《まりあ》と接点が多くなるだろう。

現実として、大学生と芸能人はあまりにも生活のリズムが違う。

俺はたまたま撮影がなくて暇なのに、黒羽《くろは》や白草《しろくさ》は授業中で合わず、すれ違っていく——

または、俺が試験に追われている間、真理愛《まりあ》がようやく休みが取れたのに会えない——

こんな可能性が、事実として横たわっている。

会える時間が少なくなることは、心の距離が遠ざかることに比例しやすいだろう。

白草《しろくさ》は小説家として自立する可能性があるから、俺がどちらの進路を選んでも接点は変わらずいられるかもしれない。

でも黒羽《くろは》と真理愛《まりあ》は俺がどっちを選ぶかによって、大きな影響を受けることは確実だ。

「練習はここで終わろう」

俺はそう告げた。

「明日までに進路の決断ができれば……たぶん演技はできる。そういう気がする」

「ふぅん、お前がそう言うなら別にいいが？」

あいかわらず哲彦《てつひこ》はどっちでもいいって感じの言いぶりだ。

「末晴《すえはる》お兄ちゃん、何度も言っていますが、もう一度言います」

真理愛《まりあ》は真《ま》っ直《す》ぐに俺を見上げた。

「モモは、末晴《すえはる》お兄ちゃんのことを、数年に一人……いえ、数十年に一人の、本物のスターになれる人だと思っています。モモはそんな末晴《すえはる》お兄ちゃんに負けないような役者となり、共に芸能界を歩んでいくことが夢です。今は多少苦戦していても、それほどの才能、百回生まれ変わっても得られるものではありません。なので素晴らしい選択をしてくれることをモモは望んでいます。そのためなら、何でもします」

強い……本当に強い気持ちが、俺の胸を突き刺す。

もし、だ。

もしも俺が真理愛《まりあ》と再会していなかったら、きっと芸能界に進もうか悩みもしないだろう。瞬《しゅん》社長とのＣＭ勝負もないし、学園祭での演劇もなく、ヒナちゃんに負けて役者魂が燃えることも、今こうして超一流の役者と共演することもない。

黒羽《くろは》は俺が挫折しているのを知っているから、元々芸能界絡《がら》みは見守るスタンスだ。適当な気持ちで芸能界を目指そうとすれば確実に反対するだろう。

白草《しろくさ》は俺の演技を高評価してくれるが、思い出補正があるからに思える。褒めてもらえるのは素直に嬉《うれ》しいが、白草《しろくさ》の評価を信じて芸能界を目指そうとはしなかっただろう。

——つまり。

俺が役者の道に人生を懸けようか迷えているのは、真理愛《まりあ》の存在があってのことだ。

「……そこまで言ってくれてありがとな、モモ」

さあ、ここが人生の分岐点。

でも、だからこそ、一人で決める必要がある。

「じゃあ、帰るか」

区切りをつけ、俺は真理愛《まりあ》と哲彦《てつひこ》と駅に向かい、途中路線に応じて散らばり、家に戻った。

帰る途中にコンビニで夕ご飯を買った。

練習に専念しすぎて、夕食を食べるタイミングをのがしていたせいだ。

まだ午後九時とあって、親父《おやじ》がリビングにいた。

「帰ったか。撮影はどうだった？」

「全然ダメだった。だから明日が勝負だ。それだけに今日中に覚悟を決める必要がある」

「……そうか」

珍しくお小言がないことに驚きつつ、俺はコンビニ弁当を温めた。

ホカホカのかつ丼を頬張っていると、親父《おやじ》がポツリと言った。

「お前がどんな道を進もうと構わない。一応、お前の将来のための貯蓄くらいしてあるしな」

「親父《おやじ》……？」

「芸能界はいいことばかりではない。心を病み、早死にした人間も多い。また成功しても、大金に振り回され、人生を踏み外してしまった人間も少なくない」

「それはサラリーマンでも同じだと思うが？」

「確かにそれはそうだ。しかし若いころは、きらびやかなものに惹《ひ》かれやすい。きらびやかなものを抜いたとき、やりたいことがあるのか、喜びが残るかどうか……それを考えるべきだ」

「母さんはどう考えていたんだ？」

親父《おやじ》は鼻で笑った。

「考えてみれば、私や有紗《ゆさ》のほうがきらびやかなものに魅了されていたかもな。私たちは一度もそれが手に入らなかったから。だからこそ息子に託し、お前が輝くことで間接的に手に入れた気持ちになっていた部分がある」

「じゃあ説得力ないじゃん」

「確かにそうだ。だが気を付けておくべきことではあると思うが？」

「……まあ、確かに。わかった。ありがとう、親父《おやじ》」

その後、風呂《ふろ》に入り、すぐベッドに入った。

灯《あか》りの消えた電灯をじっと見つめる。

——明日、人生が、分岐する。

緊張と落ち着きが同時にある、奇妙な感覚が俺を包んでいた。

人生って絶えず分岐しているのだろう。

どのクラスになるかとか、誰と友達になるかとか、どの学校に進学するかとか。

でも、ぼんやりと連続していて、人生を決めている感覚ってずっと持ってなかった。

後から思い出せば、『チャイルド・スター』のオーディションが俺の人生を大きく変えたんだ、とわかる。ただ当時は『目立ってやろう』『主役を取ってお母さんを喜ばせたい』と考えていただけで、未来が変わるなんて感覚は持っていなかった。

けれど、今は——わかる。

だからこそ緊張しているのだ。

落ち着いているのは、不思議なことに決断がすんなりとできたことだった。

あっさりと腑《ふ》に落ちた。

俺が後悔しないのはこっちだ、と。

だから重大な決断だったにもかかわらず、俺はあっさりと眠りに落ちた。

そして翌朝、カーテンの隙間から差し込む日差しで気持ちよく目覚めた。

＊

撮影現場は最終回とあって、これまで以上に気合いの入ったスタッフたちが慌ただしく駆け回っている。

昨日、NODOKAさんにずっとOKをもらえなかった登場シーンは夜だ。

そのため登場シーンの再撮影は夜に回されている。

早くリベンジしたいところだが、そっちに気持ちを割いてはいられない。ありがたいことに最終回は最終回で俺の出番はかなりあるためだ。

俺は出番待ちをしつつ、今、撮影されているシーンを眺めていた。

「『あの、少しお時間よろしいでしょうか？』」

ビルから出たところで、清楚《せいそ》な女子高生がスーツ姿の女性に話しかける。

ただ女子高生の顔は険しく、友好的な気配はない。

「『……誰？』」

「『昨日あなたに告白した男子高校生……その幼なじみ、と名乗るのが一番ご理解いただきやすいでしょうか？』」

これは真理愛《まりあ》の初登場シーンであり、NODOKAさんの心を揺さぶる重要な場面だ。

真理愛《まりあ》は嫉妬を隠しながら、華麗に髪を揺らして告げる。

「『お忙しいでしょうから、端的にご質問させていただきます。ぶしつけではありますが……まさか大人の女性が男子高校生に告白されて揺らいでるなんてことないですよね？　あなたは随分とお仕事ができるようですし、おモテになるでしょう？』」

「『!?』」

「『端的と言う割に回りくどいわね。もっとはっきりと言ってもらえないかしら？』」

ギラリ、と真理愛《まりあ》の瞳が憎しみに変わる。

「『では、結論から言います。なぜ昨日、即座に振ってくれなかったのですか？　遊び半分に年下をキープするのはやめてもらえませんか？』」

素晴らしい演技だ。

ささいな言葉遣い、仕草だけで真理愛《まりあ》が演じている少女は上流階級で育ったことが見て取れる。

また僅かなためらい、強烈な怒りから、元々はおとなしい性格なのに、深い愛ゆえに歪《ゆが》んでしまったことまで瞬時に理解できた。

たった数言だけで伝わる情報量の多さ、感情のギャップ、視聴者への印象の強さ——

間違いなく真理愛《まりあ》は学園祭での演劇から一皮むけた。

最終回で初登場にもかかわらず、すんなり場の空気に溶け込んでいるところも見事だ。このあたりのうまさは元々真理愛《まりあ》のほうが巧みなだけに、非常に勉強になる部分だった。

「『……少なくとも、遊び半分ではないわ』」

「『では八つも年下の男の子と十年ぶりに再会して、一日で惚《ほ》れたと？』」

「『……そうは言えないでしょうね。けれど魅力的な男の子になったと感じたのは事実よ』」

「『さすが大人の女性は違いますね。男性を弄ぶことに慣れていらっしゃる』」

「『……違うわ』」

当然ＮＯＤＯＫＡさんも負けていない。

ほんの少しの間、眉間に寄せた皺《しわ》だけで苦悩の深さを伝えてくる。

「『あの子は私の夢を応援してくれる……留学から帰るまで待ってくれる……だから――』」

「――カッァアト！」

監督の声で演技が止まる。

一転して緊迫した空気が緩和され、真理愛《まりあ》とＮＯＤＯＫＡさんは笑顔になって頭を下げた。

「ありがとうございました」

スタッフが二人の演技をどう見たかは拍手の大きさでわかるだろう。

誰がどう見ても一発ＯＫだったのだ。

「真理愛《まりあ》ちゃん、よかったわ。以前より華が増したわね」

「いえいえ、NODOKAさんの演技に呑《の》まれないようにするだけでいっぱいいっぱいでしたよ」

「その割に余裕があったけれど？」

「あっ、わかっちゃいました？　あの学園祭での舞台以来、モモ、調子がいいんです」

「推薦したかいがあったわ」

チクリ、と胸が痛む。

俺は昨日、これほどの称賛をNODOKAさんから引き出せなかった。

いや、むしろ失望されたと言っていい。

この言葉を俺に変換すると、俺は現在、推薦したかいがない状態のわけだ。

「ふー」

俺は息を吐き出し、目をつぶって頭のスイッチを切り替えた。

演技をするときに入れる〝変身スイッチ〟だ。

昨日だってスイッチは入れたつもりだった。

でも今思うと、スイッチがしっかりと切り替わっていなかったように感じる。

それは俺の中に迷いがあったせいだ。

もっと深く役に潜れ。雑念は入れるな。役者のプライベートな迷いなんて、視聴者には一ミリも関係がないんだ。

「すー……はー……」

大きな深呼吸を繰り返すことで、脳の回転を上げる。

意識するべきは、今が人生の分岐点ということだ。

状況は良くない。昨日からの流れの悪さを引きずれば、一気に奈落へ落ちかねない。

でも主人公ならどうだ？　ヒーローだとしたら？

むしろ逆境は物語の演出になる。成功のカタルシスに繋《つな》がる伏線となるわけだ。

ただ忘れていけないのは、俺が今回の役柄で求められているのは『主人公』じゃない。

目立てばいいわけじゃないのだ。

主人公感を出さず、役に入り込むことで一人の架空の人間を作り上げるんだ。

最後のほうに少しだけ出る脇役。でも同時に、一人の人間として、俺は俺の人生の主人公で
ヒーローとなるんだ。

（俺は――）

相反しているようで、これは成立している。

プレッシャーをワクワクに変えろ。

あの子役時代に感じた『目立ちたい！』『見てくれ！』という気持ちを強く胸に抱えたまま、
役に沈んでいくんだ――

「末晴《すえはる》くん、行ける？」

NODOKAさんが振り返り、聞いてくる。

俺は唾を呑《の》み込み、力強く首を縦に振った。

「——はい」

NODOKAさんは微笑を浮かべた。

「何だ、心配して損した。できあがってるじゃない」

「はっはっは、追い詰められるほど力が出るとこ、子供のときから変わってないなぁ」

肇《はじめ》さんがしみじみとつぶやく。

次のシーンは、先ほどの会話の続き。

話していた真理愛《まりあ》とNODOKAさんを目撃した俺が駆け寄るところから始まる。

俺が真理愛《まりあ》を見ると、真理愛《まりあ》は信頼に満ちた目で軽く頷《うなず》いてくれた。

スイッチを切り替えてから感じる。俺への視線が増えている。

神経が研ぎ澄まされていることが影響しているのだろうか。

俺は、視線の一つ一つを皮膚で感じ取れるようになっていた。

まだ演じていないにもかかわらず、俺への注目度が上がっている。たぶんそれは、俺が発している緊張感がスタッフにも伝染したからだ。

極限のプレッシャーが脳を刺激し、全身に快感にも似たしびれが駆け巡る。

これだ。

この快感こそがたまらない。
快感はパワーとなって心を、身体《からだ》を、燃え上がらせる。
俺がヒナちゃんに感じていた、まぶしいほどの輝き。
それの何分の一かもしれないが、現在の俺は出ているのかもしれない。
だがパワーをただ放てばいいわけではない。
俺の役は主人公じゃないのだから。
だから、力は身体《からだ》の内側に留《とど》める。
感覚的にわかった。
そう、これが――ヒナちゃんがたどり着いていた領域だ。
「では始めます！」
アシスタントディレクターの声がビル前の現場に木霊《こだま》する。
俺は予定された配置に立ち、目をつぶった。
ここが新たな出発点。
昨夜、決断した成果を見せる場だ。
「シーン二！　カット五！　……スタート！」
そして、俺はゆっくりと目を開いた。

第三章　桃坂真理愛《ももさかまりあ》のやり方

＊

――ドラマ撮影から、話は一か月ほど飛ぶ。

撮影はほとんど一発でオッケーが出た。

どうやら哲彦《てつひこ》の『お前がグダグダ悩んでるのがダメなんじゃねーの？』という指摘は当たっていたらしく、日曜日の撮影は前日の苦戦ぶりが嘘《うそ》みたいに順調に進んだ。

結局、俺は根が不器用だった。『運命感』を出すために、雑念があった状態では集中しきれなかったのだ。

ただもちろん失敗も無駄じゃない。

危機感があったから、ＮＯＤＯＫＡさんや肇《はじめ》さんの役者ぶりを必死に学び、感じられた。ヒナちゃんや真理愛《まりあ》が言っていたように、最前線の現場経験は俺に必要なものだった。短い期間でも大きく俺を成長させてくれたと思う。

そして六月中旬になり、俺の出演するシーンがドラマで放送された。

最終回一回前の、話の終わりに突然登場して、告白するだけのシーンだ。

ただそれでも久しぶりのテレビ出演ということで、白草《しろくさ》の家のリビングに群青《ぐんじょう》同盟全員が集まり、テレビを見つめていた。

ちなみにちゃっかりものの哲彦《てつひこ》がいるので、この場面は群青《ぐんじょう》チャンネル（撮影：玲菜《れな》）で生放送をしている。

「あっ、スーちゃん来た！」

白草《しろくさ》が興奮気味に声を上げた。

「『あの……』」

画面の向こう側にいる俺が、おずおずと口を開く。

「…………」

俺は全身に鳥肌が立ち、いたたまれない気持ちになっていた。

だってさ、めっっっちゃ恥ずかしいんだけど!!

なに俺、ネコかぶってんの？　自分で見ると好青年ぶろうとしているところが、きっついな!!

昔は自分の映像を見るの、嫌いじゃなかったんだけどなぁ。大人になって知る恥ずかしさってたくさんあるものなのかもしれない。

「『あっ……。そう、ですよね……やっぱり、覚えてないですよね……』」

「なになに、ハル〜。珍しく可愛《かわい》いじゃん〜」

黒羽《くろは》が肩を寄せて囁《ささや》いてきた。

「クロ！　わかっててからかってるだろ！　本気で恥ずかしいんだからやめてくれ！」

俺はソファーに備えてあったクッションを一つ摑《つか》み、頭からかぶった。

「どうしたスエハル〜？　お前、元国民的スター様だろ？　隠れてんじゃねーよ？」

「てめっ、ミドリ……っ！　マジで殺す……っ！」

ミドリのやつ、無理やりクッションを引っ張って、俺の顔を玲菜《れな》のカメラの前にさらけ出そうとしやがる……っ！

「丸《まる》先輩、ここは男らしくいきましょうや！」

「陸《りく》！　てめぇまで……っ！」

群青《ぐんじょう》同盟が誇るパワー系新人二人に力ずくで攻められたら俺はなすすべがない。

あっさりクッションは取られ、テレビ画面の正面に座らされた。

「『しょうがないですよね……。もう十年も前の約束ですし……当時は敬語も使ってなかったですし……』」

「『十年前……？』」

「『俺、十八歳になりました。大人になったんです……お姉ちゃん』」

「『その呼び方……まさか……っ』」

「『大人になったら結婚するって約束、覚えていますか？　俺は覚えています。子供のころからずっと好きだったんです』」

画面の中の俺はほんのりと頬を赤らめ、実直そうに深々と頭を下げて手を前に出した。

「『──結婚してください』」

「キャーッ！」

叫んだのは白草《しろくさ》だ。

おい、今、夜十時近いから──と突っ込もうと思ったが、白草《しろくさ》の家なので白草《しろくさ》が声を上げても文句が出ないことに気がついた。それに大きな家なので、近所を気にする必要もないだろう。

「今のシーン、永久保存が必要ね。万が一のためにハードディスクを最低十個は備える必要があるわ」

「可知《かち》先輩、鼻血鼻血」

陸《りく》が素早くティッシュを差し出す。

あいかわらずヤンチャな見た目のくせに気が利《き》くやつだ。メイドとしては有能な紫苑《しおん》ちゃんより差し出すのが早いのは素直に凄《すご》い。

「これは……凄《すご》いことになりそうですね……」

ドラマのエンディングが流れる中、しみじみとつぶやいたのは真理愛《まりあ》だ。

「モモ、どういうことだ？」

「あの、なんというか……」

「はっきり言ってくれ」

「群青《ぐんじょう》チャンネルの生放送中ですので、言葉を選ばせてもらうと——」

ふぅ、と息を吐いて、真理愛《まりあ》は言った。

「撮影を見ていましたが、画面で見るともっとヤバかったです……。収録前にしていた予測、軽々超えられちゃいました……。これ……特にキャリアウーマンのお姉さま方にとって、クリティカルでは……？」

「褒めてくれるなら嬉《うれ》しいが」

「いえ、そんなレベルではなく……ここまでくると、想定通りなんですがちょっと大変だなって気持ちが……」

「あー、うん、モモさんの言ってることとわかる。ハルはわかってないみたいだけど、あたしは何となく予想ついた」

黒羽《くろは》は何度か頷《うなず》いた。

そして真理愛《まりあ》とあうんの呼吸で会話をする。

「さすが黒羽《くろは》さん。では朝、モモが迎えの車を用意しましょうか？」

「甘えちゃっていい？　あたしと碧《みどり》も乗っけてもらえると嬉《うれ》しいんだけど」

「まあ護衛は多いほうがいいですし、了解しました。できれば陸《りく》さんもどこかで拾ったほうがよさそうですね……」

「じゃあ二台は欲しいかな？」

「何を話してるんだ？」

俺が尋ねると、黒羽《くろは》はしっしっと言わんばかりに手を振った。

「ハルは深刻さがわかってないみたいだから碧《みどり》とでも遊んでて」

「深刻さって……。そりゃお姉さま方にウケれば嬉《うれ》しいけど、迎えの車とか必要になるわけないだろ？」

「…………」

「…………」

「クロもモモも、なんか言えよ」

何だ、この俺だけ取り残されている感じ。

だってほら、当たり前じゃん。

俺が多少いい演技ができたって、ドラマの最後にちょろっと出ただけだぞ？

それで話題になる？　何年も引退していた元子役が？

バカバカしい。妄想にもほどがあるだろ。

「碧《みどり》、ハルと間島《まじま》くんでＵＮＯでもしてて。ちょっと打ち合わせが必要そうだから」

黒羽《くろは》がバーのテーブルでドリンクをスライドさせるかのように、ＵＮＯを放る。

反射神経のいい碧《みどり》は、きっちりつかみ取った。

「えっ？　まあいいけど、クロ姉ぇ、何の話を……」

「もう夜遅いから、時間かけたくないの。とにかく遊んでて」

「……わかったよ」

「哲彦《てつひこ》くん？　責任は哲彦《てつひこ》くんにもあるんだから、ちゃんと話し合いに参加してよね」

「わーってるよ、志田《しだ》ちゃん」

「じゃ、あたしとモモさんと哲彦《てつひこ》くんはこっちに。撮影はUNOのほうでも流してて」

玲菜《れな》が了解の合図として敬礼する。

俺は何のことだかわからなかったが、黒羽《くろは》が目を光らせているとき、逆らわないほうがいいことをよく知っている。

なので素直に碧《みどり》と陸《りく》と三人でUNOをする羽目となった。

「『──結婚してください』」

「いいわ……」

「『──結婚してください』」

「スーちゃん、いいわ……」

なお、白草《しろくさ》は俺たちがUNOをやっている背後で、録画したドラマを何度も再生していた。

「シロちゃん！　目を覚ましてください！　これは幻影です！　映像を加工し、音楽でごまかしているだけです！　普段の丸《まる》さんは際限なき性欲と野獣性を兼ね備えた性欲モンスターですよ！」

「生放送中に放送事故ものの言葉使わないでくれる⁉　誤解されたら俺、生きてけないんだけど⁉」

紫苑《しおん》ちゃんは生放送に適さない危険人物ということで、碧《みどり》と陸《りく》の力を借りて総一郎《そういちろう》さんのもとへ連行し、封印。それから俺たちはＵＮＯを再開したのだった。

「スーちゃん、最高だわ……」

こうして夜は更《ふ》けていった。

俺が黒羽《くろは》たちの会議の意味を知ったのは、翌日のことだった。

＊

翌朝、俺は久しぶりに平日に帰ってきていた親父《おやじ》と一緒に朝食を摂《と》っていた。

ただし、互いに基本無言だ。

仲がいいわけじゃない俺と親父《おやじ》は、せいぜい『ん』とか言って皿を渡すだけで、聞こえるのはテレビ番組の音声くらいのものだった。

俺が自分で焼いたトーストにハムをのせてかぶりつくと、美人と評判の女子アナが言った。

「今日のトレンド！　昨日のホットワードは……『丸《まる》ちゃん』です！」

「ぶっ！」

俺は思わず噴いた。

あれ、もしかして、これ……俺？

「昨夜放送のドラマ『永遠の季節』で約七年ぶりにドラマ復帰をすることで話題となった丸《まる》ちゃん！　そのことでSNSでの検索が急上昇！　特に放送後から検索数がグングン伸び、ダントツで昨日のホットワードとなりました！」

女子アナがテロップを取り出してきて、夜十時ごろから『丸《まる》ちゃん』のワードが伸びている図を指し示す。

「皆さん、どう思いましたでしょうか？　ドラマは見ましたか？」

女子アナがコメンテーターに話を振る。

コメンテーターの一人である中年の女性芸人は熱っぽく語った。

「見ましたよ！　ヤバかったですよ、あれ！　わたし自分の部屋で、『何これ何これ！』って叫びましたもん！」

「関連ワードがまた面白いんですよね」

大学教授の肩書を持った壮年男性が会話に割って入った。

「『末晴《すえはる》くん』『出演の丸末晴《まるすえはる》』あたりはまあ当たり前なんですが、『おねしょた』『育成成功』

『年上殺し』が入っているところを見ると、年上女性が騒いでいるのがわかります」

「ぶふっ！」

俺はさらに噴いてしまい、濡《ぬ》れ布巾でテーブルを拭いた。

女子アナがグッと拳に力を込める。

「やっぱりそうですか！　わかります！　私、丸《まる》ちゃんが活躍していたころってちょうど高校生で、ドラマを一番見ていた時期なんですよ。なので丸《まる》ちゃんってとても思い出深いというか、可愛《かわい》くて面白い子だなぁと記憶に刻まれているので、プライベートでも群青《ぐんじょう》チャンネルを見たりしていたんですが……昨日のはちょっと脳に直接来たと言いますか」

「わかります！　ですよね！　こいつぅ、甘え方わかってんなぁ！　って感じで！　年上心をくすぐるんですよね！　今、改めて見ると、文化祭で告白して振られているところなんかも、こう、可愛《かわい》くてしょうがないんですよね～！」

「そうなんです！　それに思い出補正までついてくるじゃないですか！　私、誰かと語りたくなっちゃって！　久しぶりに『チャイルド・スター』のことをよく話していた高校の友達に連絡取っちゃいましたよ！」

女子アナと女性芸人の二人が大いに盛り上がる。

何だろう……嬉《うれ》しい、のだが……それよりやっぱり恥ずかしい……。世の中、俺なんかの話題で盛り上がっちゃって大丈夫なのだろうか……。

俺は額に手を当てて悩んでいると、親父《おやじ》がポツリとつぶやいた。

「調子に乗るなよ」

親父《おやじ》は俺に視線を向けていない。新聞で表情を隠している。

俺はまさか――と思いつつ、聞いてみた。

「親父《おやじ》、俺に嫉妬しているとかないよな？」

「……バ、バカが。そんなこと、あるわけないだろうが」

声が若干震えているあたり、嫉妬がゼロでないことがわかる。

ただ以前のように反発心は湧いてこなかった。

だって、わからなくはないから。

親父《おやじ》も母さんもドラマや映画でスターになることに憧れた人だ。

それが叶《かな》わなかったのに、俺はこうしてドラマに出してもらって、大きく話題にしてもらっている。

だから当然嫉妬も湧くだろうし、危うさを覚えて、注意をしなければとも思うだろう。

それに家出をした一件で、親父《おやじ》が諫《いさ》めてくるのは、母さんの言葉を今も守っているためだということがよくわかった。

そのため素直に受け入れられた。

「こういうのって勢いとかたまたまとかあるだろ？　物珍しさと、ちょっと運がよかっただけだって」

「……わかってるならいい」

親父《おやじ》のお小言も、以前より少なくなった気がする。

別に仲がよくなったと言えるわけではないが、いい変化をしているのは間違いなかった。

ふと、スマホが震えた。

「モモ、どうした？」

「車で玄関まで来ていますが、準備はできていますか？」

「あ、すまん、まだ朝食中だ」

「ならちょっとお邪魔しますね」

そう言って真理愛《まりあ》は電話を切ると、リビングに入ってきて親父《おやじ》に挨拶をした。

「お久しぶりです、お父様。桃坂真理愛《ももさかまりあ》、未来の旦那である末晴《すえはる》お兄ちゃんを守るために参上しました」

「いきなりすげーこと言ってんな、おいぃっ⁉」

「そうだそうだ！　クソタヌキは黙れ！」

俺に賛同しながらなだれ込んできたのは碧《みどり》だ。

続いて入ってきた黒羽《くろは》は、親父《おやじ》に軽く頭を下げた。

「すみません、朝から騒がしくて」

「状況は理解しているつもりだから、気にしなくていい」

何で黒羽《くろは》と碧《みどり》はこんなにタイミングよくやってきたのだろうかと思ったが、気がつけば当たり前のことだった。隣の家だから、俺の家の前に車が止まったことが簡単にわかったのだ。

そして昨日、黒羽《くろは》と真理愛《まりあ》と哲彦《てつひこ》は車の手配などで打ち合わせをしていたから、真理愛《まりあ》が来たのだとわかる。それで黒羽《くろは》と碧《みどり》は俺の家に走ってきたのだろう。

このあたりには感じ始めていた。

今日、大変なことになるかも……って。

＊

俺たちを乗せた車が校門につくと、いつもと変わらない風景が広がっていた。

ちょっと人が多い気がするが、カメラマンとかがいるわけじゃない。

車で来た分、俺の通常の登校時間より早い。人が多いのもそのせいだろう。

そう思った。

「……ま、そりゃそうだよ」

真理愛《まりあ》たちが警戒しすぎなのだ。

だって俺、昨日久しぶりにちょっとドラマに出ただけだぞ？

ドラマなんて毎期数えきれないくらいやっている。俺以上のスターなんていくらでもいるし、マスコミだって暇じゃない。

ふーやれやれと思って俺が肩をすくめていると、隣に座っていた真理愛《まりあ》がいきなり俺の後頭部に手を伸ばした。

「末晴《すえはる》お兄ちゃん、伏せてーっ！」

「⁉」

静けさを保ったまま、車は校門を抜けていく。

「いきなりなんだよ、モモ」

「もう少しこのままで」

そのまま車は職員用駐車場まで行き、ようやく真理愛《まりあ》は俺の後頭部から手を離した。

「何だったんだ？」

俺が上半身を起こして尋ねると、助手席に座っていた黒羽《くろは》が言った。

「ハルはやけに周囲を観察している人が多いと思わなかった？」

「そうか？」

「年齢層と服装もおかしかった。スーツを着ていない二十代から三十代の男女が、何でこんな朝っぱらから高校の前にいたと思う？」

「……………」

確かに言われてみれば、みんなスーツを着ていなかった。

と、いうことは――

「えっ……俺のファン？」

真理愛《まりあ》が付け足した。

「モモの予測ではWeTuber的な人も交ざっているかと。自分のチャンネルで公開するもよし、マスコミに売るもよしですし」

「売れるのか？」

「厳密なことはわかりませんが、今日SNSに末晴《すえはる》お兄ちゃんが登校する姿を上げれば、結構な再生数いくことは確実ですよ？」

「ないない」

俺はそう言って笑ったが、黒羽《くろは》も真理愛《まりあ》もピクリとも笑っていなかった。

「あのね、ハル――」

「黒羽《くろは》さん、ここはモモが」

真理愛《まりあ》が黒羽《くろは》を制止し、真面目な顔で語る。

「昨夜、末晴《すえはる》お兄ちゃんは本当の意味で復活したんです。かつての輝きにも劣らないものを、個人的にやってるようなWeTubeではなく、テレビで見せたんです。なので、人気者だったときと同じくらいのことが起こると自覚してください」

「そ、そんなものか……？」

「そんなものです」

黒羽《くろは》が補足してきた。

「ハルって変に卑屈なところあるって、ナルシストさがまったくないのはいいところだと思うけど……ある程度自覚したほうがいいよ」

「何をだ？」

黒羽《くろは》は額に手を当て、言った。

「現実を」

＊

「ま～る～くん！　年上女性に大人気だって～！」

「なんでも昨夜から人気爆上げ中とか！　モテない身からすると、うらやましいですな～！」

「いてぇよ！」

昇降口を通ってすぐ、待ち構えていた郷戸《ごうと》と宇賀《うが》に絡《から》まれた。

昨夜打ち合わせが済んでいたのだろう。

真理愛《まりあ》がすかさず指示を出した。

「やっぱりこうなりましたか……。碧《みどり》ちゃん、陸《りく》さん、お願いします！」

「あいよ！」

「お任せください！」

ガタイのいい二人が突っ込んできて、郷戸《ごうと》と宇賀《うが》を引きはがす。

おおっ、今まで絡《から》まれた際は黒羽《くろは》や白草《しろくさ》が恐怖で威圧するパターンが多かったが、パワータイプに守られるのは別の頼もしさがあるな！

「丸《まる》先輩、護衛はお任せください！」

「ま、白草《しろくさ》さんからの頼みでもあるし、守ってやるよ」

碧《みどり》に守られるのはちょっと抵抗があったのだが、すぐに陸《りく》より碧《みどり》のほうが頼りになることに気がつくことになった。

「丸《まる》先輩〜っ！　サインをください〜っ！」

「来週のお話って、もう収録済みなんですよね！　よければ教えてください〜！」

「NODOKAさんってどんな感じの人でした？　聞いてみたいです〜」

「収録ってやっぱり緊張しました？　あ、でも先輩は天才なので全然平気でしたよね？」

同級生、後輩問わず、女の子が押し寄せてきた。

出演したドラマ『永遠の季節』自体、女性人気が高いものだし、ドラマに興味を示しやすいのも女性だ。

だからこそ――というのもあるだろうが、この押し寄せられる勢いは過去最高と言ってもよかった。

かといって、男性である俺は力ずくでどけるなんてできないし、邪険にもしづらい。

そこで頼りになるのが碧《みどり》というわけだ。

「すみません！　危ないので！」

そう言って女性の中に割って入れる。

男性陣にはこれが不可能だ。陸《りく》にどれだけパワーがあっても、セクハラになりかねない。

黒羽《くろは》と真理愛《まりあ》では小柄でパワー不足。白草《しろくさ》はできなくはないが、元々小説家なので力仕事は得意と言えない。

しかし碧《みどり》は身長百七十センチの長身、筋力は中三のときテニスで全国大会に行った猛者《もさ》……今回のボディーガードとしては最適だった。

というわけで、今日一日は碧《みどり》を主戦力とし、群青《ぐんじょう》同盟のメンバーで集まれるだけの人が俺を取り囲み、守ってもらうという有様だった。

「おいおい、大変だな、丸《まる》！」

「フッ……助けにきてやったぞ……」

「小熊《おぐま》！　那波《なば》！」

俺の周りが大変になっていることが全校中に知れ渡ったのだろう。

昼休みにはマッチョな野球部主将の小熊《おぐま》と、ロン毛のテニス部主将の那波《なば》が助っ人《すけと》として来てくれた。

なお、小熊《おぐま》はいまだにひっそりと黒羽《くろは》のファンクラブ〝ヤダ同盟〟を組織し、那波《なば》もまたちょくちょく白草《しろくさ》のファンクラブ〝絶滅会〟の会合を開いているらしい。

「お前ら……」

「お前の気持ちはわかってるって」

「……フッ」

小熊《おぐま》と那波《なば》は両手を広げ、押し寄せる人たちからの壁となり、言った。

「違うんだ！　こいつは年上とか年下とか関係なく、女性に興味がないんだ！」

「……ちゃんと察してやってくれ」

「てめぇらぶっ殺すぞ‼」

まだその風評生きてたの⁉

自分で蒔《ま》いた種だけどさ、それ聞くと俺、死にたくなるんだけど⁉

「はいはい、みんなどいてー」

「あんまり騒ぐと指導するぞ！　散れ！」

次に現れたのは、ギャルな生徒会長こと飯山鈴《いいやまりん》——通称マリンと、泣く子も黙る厳格な副会長——恵須川橙花《えすかわとうか》だった。

「はるちん、てっちん、ちょっと生徒会室に来てくんな〜い？」

マリンがデコレーションされた爪をくいっと曲げる。

哲彦《てつひこ》は眉を吊《つ》り上げた。

哲彦《てつひこ》にとってマリンは天敵のようで、あれだけ女癖が悪いくせにマリンにだけはいつも辛らつだ。

「用件は？」

「生徒会長として、この騒動が収まるまでの相談をしておきたくて〜」

「生徒会からの話だけか？」

「さすがてっちん、鋭いね。先生たちからの要望なんかもまとめてきてる」

これだけ騒ぎになっていれば無理もないだろうが、『先生たちからの要望』とは……言葉の響きだけで恐ろしい。

哲彦《てつひこ》は頭を掻《か》きむしった。

「ま、しょうがねぇか。オレからまた誰かに説明するのも面倒だ。全員で生徒会室に行っていいよな？」

「もち」

こうして群青同盟《ぐんじょう》のメンバーは昼食を持って生徒会室に移動することになった。

生徒会室に移動しても、磨《す》りガラス越しに廊下が人でいっぱいなことがわかる。

窓の外に回る生徒が出てきたため、橙花《とうか》がカーテンを閉めた。

「ま、食べながら聞いて」

マリンに勧められ、生徒会室にある巨大テーブルを囲むように座る。

ようやく落ち着いたことで、俺たちは皆、パンやおにぎりを食べ始めた。

マリンが切り出す。

「うち、平凡な進学校だから、先生たちもどう対応するかテンパってるみたいで～」

「まさか、ハルを謹慎にさせようとか、そういう話？」

黒羽《くろは》の発言に緊張が走る。

あはは、とマリンは笑った。

「それはないない～。だってそもそもはるちんは悪いことしてないじゃん。先生たちからすれば、ドラマに出るより群青《ぐんじょう》チャンネルのほうがずっと危なそうなことしてるって見えてたみたいだし～」

「それは――そうですね」

真理愛《まりあ》があごに手を当てる。

確かにドラマは『大人もかかわっているれっきとした仕事』、群青《ぐんじょう》チャンネルは『子供たちだけの好き勝手な配信』と見えておかしくない。それを無理やり成り立たせているのは哲彦《てつひこ》のアコギな交渉や真理愛《まりあ》の影響力のおかげだが、客観的に見ればドラマのほうがずっと健全だ。

「てっちんが事前にはるちんとまりちゃんの出演を伝えていたしね～。出演自体は問題視されてないよ？」

「その言いぶり、出演以外は問題があるような口ぶりね？」

白草《しろくさ》のツッコミに、マリンはにっこりと笑った。

「今回の場合、はるちんたちには問題がないの。でもね、さすがに影響力が大きくなりすぎてるんだよね、これが」

「…………」

「ぶっちゃけちゃうと、完全に部活のレベル、超えちゃったって感じ。今までも超えてたけど、学校がギブアップするくらいになっちゃったってこと」

「具体的に、オレたちにどうしろと？」

「――できれば、群青《ぐんじょう》チャンネルの更新停止」

生徒会室が静まり返った。

廊下や窓の外にいる生徒たちの声が、やけに遠く聞こえる。

真っ先に声を上げたのは哲彦《てつひこ》だった。

「ありえねーな」

「そーね。うちからもそれは呑《の》めないと思うって伝えてある。だって悪いことしてないもん」

「でも、最初に更新停止で脅そうとしているのを見ると、オレらに何らかの譲歩を期待してるってことだよな？」

「ピンポーン！　だって考えてみて？」

マリンは振り返り、カーテンで閉まっている窓を見た。

「これ、はるちんがたった一、二分ドラマに出ただけで起こってることなんだよ？」

「…………」

「来週、もっと出演時間増えるよね？　ストーリーにもかかわるよね？　まりちゃんも出演するよね？　久しぶりのドラマ出演だからこれだけ騒がれてるって一面もあると思う。でも、来週はもっと大きな騒ぎになる可能性があるって思わない？」

「ちっ」

哲彦《てつひこ》が舌打ちした。

「マリン、お前はどのラインが現実的と見てるんだ？」

「ん〜、はるちんとまりちゃんの、群青同盟からの引退……かな〜？」

「っ！」

全員の顔色が変わった。

マリンはふざけているように見えて、哲彦《てつひこ》とためを張るほど曲者《くせもの》だ。

彼女の口から俺と真理愛《まりあ》の引退が出た以上、無視できる内容ではない。

哲彦《てつひこ》はマリンをにらみつけた。

「その二人ってことは、『芸能人は外す』ってことか」

「そっ。今までは曖昧にできてたけど、ドラマに出演するって、芸能人として『本物のプロ』ってことっしょ？　野球のプロアマ規定って知ってる？　プロとアマは交流してはいけませんってやつなんだけど～？」

「ま、一つのラインであることは確かだな」

「でしょ～？」

「でも――やっぱありえねーわ」

哲彦《てつひこ》は立ち上がり、食べかけのパンをゴミ箱に投げ捨てた。

「マリン、その話題の首謀者は？」

「教頭ちゃん。即座に部活を廃止すべきって息巻いちゃってる」

「ふ～ん、あの野郎か」

「校長ちゃんは生徒の自主独立とかいってかばってくれてるんだけど、それを込みで二人の引退で落ち着きそうなムードかな～？」

「オッケー」

もう話すことは終えたとばかりに、哲彦《てつひこ》が生徒会室のスライドドアに手をかける。

一気に引くと、廊下にいた生徒たちがワッと沸いた。

だがそれも一瞬のことだ。

哲彦《てつひこ》の殺気でみんな即座に静まり返る。そのためスライドドアが荒々しく閉まる音だけがやけに大きく聞こえた。

「まっ、この手のことは哲彦《てつひこ》に任せるしかねぇか」

俺はそう言っておどけた。

マリンの衝撃発言と哲彦《てつひこ》の怒りが室内に残っていて、緊張感が張り詰めていたためだ。

「そうですね。哲彦《てつひこ》さんならモモたちの引退は何とか外してくれるでしょう」

真理愛《まりあ》も哲彦《てつひこ》の交渉力には信頼を置いているのだろう。

水筒から熱いほうじ茶を蓋に注ぎ、息を吹きかけて飲み干した。

「んじゃ真面目な話は終わり。はるちん、これ渡しておくね」

マリンが寄ってきて、俺の前に鍵を置いた。

「じゃじゃーん、エンタメ部の部室の鍵〜。騒ぎになったらそこにこもって。これ以上問題が起こると、群青《ぐんじょう》同盟として立場悪くなるでしょ？　顧問の先生の許可取ってあるから、うまく自衛して」

「サンキュー」

マリンって、こういう読みの深さや手際《てぎわ》の良さが女版哲彦《てつひこ》みたいな印象を受けるんだよなぁ。

「あとあの段ボール見て」

「ん？」

マリンが棚の上に置かれた段ボールを指さしたので、俺は見上げた。

するとマリンが俺の肩に手を回してきた。

「……はっ？」

「……えっ？」

「……んっ？」

黒羽《くろは》、白草《しろくさ》、真理愛《まりあ》が目を丸くする。

俺も肩にマリンの胸が当たり、思わず固まってしまった。

その間にマリンは右手を伸ばしてスマホをかざし、肩に回した左手でVサインを作った。

「はい、ピース☆」

――カシャカシャカシャカシャカシャカシャカシャ。

響き渡る高速の連続撮影音。

お疲れ、とつぶやき、マリンは俺から離れた。

「やった☆　これは相当伸びるよね～」

「……おい」

真面目な話は終わりと確かに言っていたが、いきなりこれか。

「リンちゃん、今のはちょっとないんじゃない？」

黒羽《くろは》が俺の言いたいことを代弁してくれた。

「だってさ、くろちん〜。この案件、完全に生徒会ってとばっちりっていうか、時間外手当でももらわないとやってけないって思わない〜？」

「うっ……気持ちはわからなくはないけど……」

「どーせ今日、はるちん散々隠し撮りされてるから、一枚くらい増えたってそう変わんないって〜」

「だとしても本人に許可を取ってからやることだと思いますが？　飯山《いいやま》会長」

こういうとき、白草《しろくさ》の鋭い舌鋒《ぜっぽう》が頼もしい。

「じゃあ今から、しろちんとはるちんのツーショットを撮ってあげるって言ったら？」

「……しょうがないですね」

「シロォォ！」

あっさり懐柔されすぎだろ⁉

「末晴《すえはる》」

騒いでいる間に、マリンと入れ替わって橙花《とうか》がそばに来ていた。

やけに切羽詰まった顔をしている。

俺は首を傾《かし》げた。

「どうした、橙花《とうか》？」

「ドラマ、短い出演だが凄《すご》くよかったぞ」

「ホントか？　すげー、嬉《うれ》しい！　ありがとな！」

こういう率直な褒め言葉が一番嬉《うれ》しいんだよな。

「ちょっとお前が遠く感じた」

「そう見えるだけで、俺は何にも変わってないって」

「うん、そうだな。そこでお願いがあるんだが」

「ん、なんだ？」

橙花《とうか》は険しい顔のまま……でも頬を赤らめ、カバンから色紙とペンを取り出した。

「――サインください」

俺は思わず目をパチクリさせてしまった。

「いいけど、風紀委員長みたいとまで言われたお前が職権乱用とは……」

あまりに意外なセリフすぎてそうつぶやくと、橙花《とうか》はカーッとゆでだこのように真っ赤になった。

「ぐっ――いいっ！　そんなこと言うならもういいっ！」

「ごめんごめん！　怒らせるつもりはなかったんだが！」

「いや～、今のはスエハルが悪いっしょ」

「今回ばかりは志田《しだ》に同感っすねー」

「ええっ⁉」

新人二人に責められ、俺は焦《あせ》った。

「だって丸《まる》先輩、こんな状況ですよ？　副会長さん、すげー勇気出したと思うんすよ」

「うんうん」

二人からたしなめられ、さすがに俺は反省した。

「悪かったな、橙花《とうか》。すぐ書くから……いや、応援してくれてありがとう。ぜひともサイン書かせてくれ」

「……最初からそう言えばいいんだ」

不満はあるようだが、俺の行動は間違っていなかったようで、橙花《とうか》はもじもじしながら色紙とペンを手渡してきた。

俺が心を込めてサインを書いていると、今度は陸《りく》が寄ってきた。

「で、先輩、ついでなんすけど……」

「ん？」

「おれもいいっすか？　おれと母親といとこの分で、三枚」

「お前もかよ！」

カバンから三枚の色紙が出てくるあたり、こいつタイミングを狙ってやがった。

「あっ、間島《まじま》！　卑怯《ひきょう》だぞ！　スエハル、ケチケチしないでアタシにも書いてくれよ！　ちゃんと『志田碧《しだみどり》さんへ』って書けよ！　あ、あと日付も！」

「ミドリ！　お前もかよ！」

「なんつーか、お前のだと思うとどうでもいいんだけど、昨日中学の後輩から連絡来てさー。期待に応えたいっつーか、自慢したい気持ちがちょっとあるっつーか」

「お前のサインのもらい方、最低だな！」

とは言っても可愛《かわい》い後輩だ。

ちゃんと陸《りく》と碧《みどり》にはサインを書いてあげたのだった。

＊

その日、帰るころには全員ぐったりとなっていた。

真理愛《まりあ》が手配してくれた車二台に俺たちは分散して乗り込み、帰途についた。

「これから毎日こんな感じなのかよ……」

そうぼやいたのは碧《みどり》だ。

現在、車には俺、黒羽《くろは》、真理愛《まりあ》、碧《みどり》、運転手さんの五人が乗っている。助手席にいるのはじゃんけんに負けた碧《みどり》だ。

なお、哲彦《てつひこ》はまた用事があるということで、一人だけ別行動を取っている。あいかわらず嫌な予感しかしない行動をするやつだ。

「ま、ミドリ。こんなのみんなすぐに飽きて収まるって」

俺はそう言ってやった。

流行《はや》りなんてそんなものだ。振り回されていたらキリがない。

と、思うのだが……。

「ハルの言う通りって言いたいけど、昼にリンちゃんが言ってたように、来週がどうなるか怖いよね」

「モモも出ますし、来週の放送こそが本番ですから」

そうなんだよなぁ。

撮影は終わっているから気は楽なんだが、何が起こるかわからない怖さがある。

「今、哲彦《てつひこ》さんが調整しているらしいんですが……」

「ん？」

突然話が飛んだことに、俺は思考を切り替えて真理愛《まりあ》の声に耳を澄ました。

「最終回の翌日にやるお昼の情報番組に、生放送で出て欲しいとの打診が来ています」

「そういうのって、普通放送前にやるもんじゃないのか？」

「予想以上に話題性があったので急いで準備している、というのが一つ。もう一つは『永遠の季節』はコレクトで放送後一週間無料放送しているので、そのことをより広めたいっていう判断があるようです」

「ネット時代らしいやり方だなぁ」

「ゲストは末晴《すえはる》お兄ちゃんとモモの二人を希望しているらしいのですが、出演しても問題ないですか？」

「ああ」

黒羽《くろは》が言った。

「ねぇ、モモさん。一つ聞いていい？」

「どうぞ」

「このゲスト出演、モモさんの計画通りってわけ？」

「……ん？」

俺は首を傾《かし》げた。

「クロ、それはさすがに無理だろ。今回、反響があったからこそのゲスト出演って言ってただろ？」

「じゃあ返すけど、そういうゲスト出演って、すぐに決まるものなの？　反響があったことが後押しになったかもしれないけど、もっと前から仕込むものじゃない？」

「まあ場合によると思うけど、確かに……」

反響があったから緊急出演！　よりも、反響とは関係なくゲスト出演の事前交渉をしていたほうが自然に感じる。そのうえで、反響があったから最終回直後といういいタイミングで、しかも視聴者に主婦層が多いお昼の情報番組になったということか？

「最近、哲彦《てつひこ》くんが先に帰ることが多かったのも、それが関係してるんじゃない？」

真理愛《まりあ》はあごに人差し指を当て、んー、とつぶやくと、首を傾《かし》げてニコッと笑った。

「だからモモさん！　それでごまかせないから！」

真理愛《まりあ》はため息をついた。

「モモは以前から言っているように、末晴《すえはる》お兄ちゃんは役者として生きるべきだと思っています。その才能を信じていたので、末晴《すえはる》お兄ちゃんがドラマに出演すれば今日のような騒ぎになると思っていました。だから芸能界でより活動しやすいよう、事前に哲彦《てつひこ》さんに頼み、テレビ出演の交渉してもらっていた。そういうことです」

「そうやってハルの進路を芸能界に絞らせよう、と？」

「最初からモモの出演だけは確定で、末晴《すえはる》お兄ちゃんは本人の了解がなければ出なくてもいいように交渉していますので」

俺は瞬《まばた》きした。

「そうだったのか」

「末晴《すえはる》お兄ちゃんに芸能界で活躍して欲しい、もっと有名になって欲しい、というのはモモのエゴです。それを末晴《すえはる》お兄ちゃんに押し付けることはできませんから」

「ありがとな」

俺は意思を尊重してくれたことに感謝した。

「あと、補足しておきますが」

そう前置きをして、真理愛《まりあ》は言った。

「哲彦《てつひこ》さんが先に帰っているのは、ゲスト出演の事前交渉のせいではありませんよ」

「そうなのか」

「もちろん交渉もしてもらっていましたが、せいぜい先に帰る理由の十パーセントってところじゃないでしょうか？」

「残り九十パーセントは？」

「知りません。たぶん、群青《ぐんじよう》同盟内で知っている可能性があるのは、玲菜《れな》さんだけかと」

「そっか」

哲彦《てつひこ》の目的はどこにあるんだろうな。

今回のドラマ出演で、俺の注目度は飛躍的に上がったし、順当にいけば真理愛《まりあ》の知名度もさらに上がる。

さらにお昼の情報番組へのあっせんを手伝ったってことは、俺と真理愛《まりあ》にもっと有名になって欲しいってことだ。

でもその先は？

俺と真理愛《まりあ》が有名になって、哲彦《てつひこ》の利益は何だ？

あり得るとするなら、以前語っていた群青《ぐんじょう》同盟最後の企画としての『ショートムービー』の注目度を上げたいってことか。

ただ――

（哲彦《てつひこ》って有名になりたいだけの玉だろうか……？）

疑問に思ったが、肝心の哲彦《てつひこ》は何も言わないため、モヤモヤすることしかできなかった。

＊

ドタバタの一週間が過ぎ、『永遠の季節』最終回の放送日が来た。

本来であれば今回もみんなで集まり、群青《ぐんじょう》チャンネルで生放送をする予定だったが、謝罪文を出して中止を伝えていた。哲彦《てつひこ》がいまだ先生たちとの交渉を続けていて、刺激しないよう更新を停止しているためだ。やむを得ない対応だろう。

「おっ、始まるねー」

ここは志田《しだ》家のリビング。

食事用のテーブルに肘をつきながら、志田《しだ》家のビッグマザー……銀子《ぎんこ》さんは缶ビールに口をつけた。

俺と〝カラフルシスターズ〟こと志田《しだ》家の四姉妹はテレビの正面にあるソファーに固まり、オープニングを見守っている。

「あの坊やが世間で『年上殺し』とか言われるようになるとはねぇ……」

「からかわないでくださいよ、銀子《ぎんこ》さん」

どうして俺の周りの年上女性は、俺をからかうのが好きなのだろうか。

特に銀子《ぎんこ》さんはいつもご飯に呼んでもらっていて、母親代わりのようなところがあるため頭が上がらない。かといって本当の家族とも違うだけに、強く反抗できないのでやられっぱなしだ。

「あ、でも、わかりますよ。はる兄さんがそうやって言われるの。だって先週の、告白するときのはる兄さん、とても可愛《かわい》かったですもん！」

ギュッと脇を締め、蒼依《あおい》が熱く語る。

俺は何とも言えない複雑な気持ちになった。

「あれ、何か変なこと言っちゃいましたか……？」

「あ、いや、褒めてくれてるのはわかってるんだけどさ。アオイちゃんに可愛《かわい》いと言われると、さすがに気持ちが複雑で……」

蒼依《あおい》こそが俺の知る中で一番の『ザ・可愛《かわい》い女の子』。

中二となって可憐《かれん》さも増し、特徴であるツインテールが揺れる様を見ているだけで幸せな気持ちになる控えめで心優しい子だ。

そんな子から可愛《かわい》いって言われるのは……うーん、やっぱり胸がムズムズする。

「ハルにぃ、あの演技ってどうやったの？」

右隣に座っている朱音《あかね》が俺の袖を引っ張った。

「ワタシも蒼依《あおい》と同じで、ハルにぃのこと可愛《かわい》いと思った。でもハルにぃはハルにぃだし、身長とか年齢とかのデータを客観的に判断した場合、普通ならカッコいいとかになるはず。それが可愛《かわい》いと思えて、胸がきゅっとなった。あれは論理的にあり得ない」

朱音《あかね》が眼鏡越しにじーっと俺を見つめてくる。

毎週のように会っているから感じにくいが、よく見ると去年より女性らしさが増しただろうか。

朱音《あかね》は蒼依《あおい》と双子の妹で顔立ちがそっくりだが、やや目に鋭さがあり、印象も性格もだいぶ違う。

蒼依《あおい》はこんなに俺をマジマジ見てくることはない。控えめにチラチラ見てくることがせいぜいだ。

しかし朱音《あかね》はどこか無頓着。志田《しだ》家四姉妹は全員評判になるほどの美少女揃《ぞろ》いだが、そんな優れた容姿をまったく気にせず見つめてくる。

（そういうとこ、ちょっと心配なんだよな……）

勘違いする男が出てくる。朱音《あかね》の同級生がこのくらい熱い眼差《まなざ》しで見つめられたら、簡単に落ちてしまうんじゃないだろうか？

……やっぱり兄的立場として心配だ。

「どうしたの、ハルにぃ？」

「あ、いや、何でもない」

あまりに朱音《あかね》が真《ま》っ直《す》ぐに見つめてくるので、つい考え込んでしまった。

俺は話を戻した。

「演技の話だよな？　うまく説明できるかわからないけど、アカネの言っているような現象、そんなに珍しくないことだと思うんだよな」

「えっ……？」

意外な返しだったのか、朱音《あかね》が固まった。

朱音《あかね》は論理的に考えたがるので、コンピューターがフリーズするイメージが浮かんだ。

「やっぱり思いつかない。どういうこと？」

俺はたとえ話をすることにした。

「ほら、クロは背が小さいし童顔だけど、ミドリの姉だろ？」

「あっ……」

俺が言わんとしたことが朱音《あかね》は察知できたようだ。

「俺たちは見慣れてるから当たり前のように感じるけど、黙って並んでいたら、ミドリが姉に見られてもおかしくないと思うんだよな。でも話しているところを見れば、みんなクロが姉だってわかる」

「うん」

「別に身近じゃなくても、小さい女の子が、さらに小さな男の子の手を引いて、『お姉ちゃん』やってるのを見ると、『年上感』ってあると思わないか？」

「あるある！　子供が買い物をする番組とか！　小さいくせに、弟のことかばったり守ってあげたり、立派なんだよなー」

近くでせんべいをかじっていた碧《みどり》が話に乗ってきた。

「それと同じで、俺の今回の役は『近所のお姉さんに憧れる役』だ。だから『年下感』が出てくれないとダメだし、カッコいいより可愛《かわい》いって見えたってことは、ちゃんと役柄になりきれたってことだと思う」

「……なるほど、わかった。演技の世界、奥が深い」

朱音《あかね》はどうやら納得してくれたようだった。

銀子《ぎんこ》さんが缶ビールを斜めに傾けてグイッと飲み込み、ぷはぁと唇を手の甲でぬぐった。

「たまにはあたいに対しても、あれくらいキラキラした目をしてくれるといいんだけどねー」

「だから銀子《ぎんこ》さん、からかわないでくださいって」

銀子《ぎんこ》さんのアルコールの消費ペースが速い。三本目のがなくなりそうだ。

いつものパターンから考えると、だいぶ楽しくなってきてしまっているはずだ。そろそろ警戒度を上げなければいけないだろう。

そう身構えたときのことだった。

「あ、でもうちの子、黒羽《くろは》以外はみんな末晴《すえはる》にあんな感じの目を向けてるか」

「ぶっ！」

いきなりぶっこまれた。どうやら対応が遅かったらしい。

銀子《ぎんこ》さんは碧《みどり》に受け継がれたであろう大柄な身体《からだ》であぐらを組み、さらに四本目のビールへと手を伸ばした。

「もう目がキラキラしちゃって、好きなのあふれ出ちゃってるよねー」

「か、母さん！」

碧《みどり》が顔を真っ赤にして立ち上がる。

銀子《ぎんこ》さんはプルタブを開けようとした指で、碧《みどり》を指した。

「なになに、碧《みどり》～？　照れちゃった～？」

ブチッと碧《みどり》の理性の紐《ひも》が切れたのが見て取れた。

「この酔っ払いが！　アタシがベッドに連れてく！」

「頼むね、碧《みどり》～」

さすが黒羽《くろは》だ、まったく動じていない。さりげなくお茶に酢を加えるほどいつも通りだ。

長女としての貫禄《かんろく》と言うべきか。怒ることもできず真っ赤になってガチガチになってしまっている蒼依《あおい》や、あらぬ方向を向いてしまった朱音《あかね》とは大違いだ。

碧《みどり》が銀子《ぎんこ》さんを背負い、寝室へと向かっていく。

残されたのは気まずい雰囲気だけだった。

「…………」

「…………」

困った。この可愛《かわい》い双子は中学二年生という多感な年ごろの女の子だ。

一般的に考えれば、反抗期に入ってもおかしくない。というか俺自身、このころの時期は親とかなり関係が悪化していた。なので親の無神経なからかいに、恥ずかしさやら怒りやらがこみ上げて抑えられない気持ちはよくわかる。

二人は幸い反抗期らしい雰囲気こそないが、母親からのからかいを笑い飛ばせるようなタイプでもない。ここは俺からフォローする必要があるだろう。

二人とも、細く白い首が真っ赤になっているのがわかる。

俺は顔を背けた二人に、そっと声をかけた。

「アカネ、アオイちゃん」

「っ！」

「ひぅ！」

名前を呼ばれるごとに、二人はそれぞれ肩をビクッと震わせた。

こういうところは性格が違ってもそっくりだ。双子なんだな、と感じる部分だった。

銀子《ぎんこ》さんのからかい内容があまりにも無遠慮だっただけに、変に意識させてしまっているようだ。照れている二人は非常に可愛《かわい》らしくてずっと見ていられるのだが、緊張しっぱなしにさせるのもかわいそうだ。

なんとか空気を緩和させる軽いジョークでもかまそうか——と考えたところで、黒羽《くろは》が口を開いた。

「ハルさ、進路どうするの？」

テレビはオープニングからＣＭへと変わっていた。

そんな隙間を縫うようなタイミングで、黒羽《くろは》が視線を画面に向けたまま聞いてきた。

「へ？」

突然の振りに俺は一瞬頭が回らず、つい聞き返してしまった。

「しん、ろ？」

「そ。どうするか、決めたんでしょ？」

黒羽《くろは》はテレビ画面を見たままだ。

口調も軽いし、表情も変わらない。

しかし話題の重さとあいかわらずの鋭さは、俺の心拍数を爆上げするに十分なものだった。

「……どうしてわかったんだ？」

「ん？　何となく。先週の演技見て。哲彦《てつひこ》くんにカマかけたら知ってる雰囲気だったし」

「こえぇよ！　どこまでお見通しなんだよ！」

「幼なじみを甘く見ないでってところかな」

黒羽《くろは》はチラリと横目を向けてきた。

「それで、あたしには教えてくれないの？」

「そういうわけじゃなくて、あいつにはこの前、演技のアドバイスをもらったときに伝えるって言ったから……」

「聞かなきゃ教えてくれないの？　水臭くない？」

「……だな」

俺が口を開いたとき、銀子《ぎんこ》さんをベッドに投げ捨ててきたであろう碧《みどり》が駆け足で戻ってきた。

「おっ、ちょうど始まるタイミングじゃん！　間に合ってよかった～」

俺は黒羽《くろは》に言った。

「ドラマが終わってからゆっくり話すよ。もちろん、こいつらにもちゃんと聞いて欲しいから」

「……ん」

やや不機嫌そうだったが、納得したことがその一言で伝わってきた。

俺も黒羽《くろは》のことが言えないな。

付き合いが長いだけに、ちょっとのことで気持ちがわかってしまう。

「『――結婚してください』」

先週のラストシーンが映し出されている。

俺は子役時代も、その後絶望してくすぶっていた時代も知っているこの四人に今の俺を見て欲しくて、黙ることにした。

＊

ドラマ『永遠の季節』最終回放送翌日――

時計の針が真《ま》っ直《す》ぐ上を差す。昼の十二時になったのだ。

スタジオカメラの横に立っているプロデューサーが無言で開始のキューを出す。

テレビ放送がＣＭからスタジオに変わったことを受け取った司会者は、カメラがアップになると同時に『こんにちは！』と明るく告げて頭を下げた。

「さぁ、今日も始まりました！　お昼の情報番組『ワイドワイド！』！　司会者はおなじみ久《く》平《びら》でお送りさせていただきます！」

ワッとスタジオが沸き、拍手で包まれる。

カメラは観覧席からコメンテーターサイドへ移動。四人のコメンテーターは順番に自己紹介していき、本日のニュースへと移っていった。

「そして今日は特別ゲストがいます！　昨日、ドラマ『永遠の季節』に出演した、丸末晴《まるすえはる》さんと桃坂真理愛《ももさかまりあ》さんです！」

久平《くびら》さんの声とともに、俺と真理愛《まりあ》は舞台裏から照明のまぶしいスタジオへと踏み出した。

群青《ぐんじょう》チャンネルで生放送は何度もやっているが、さすがに設備の規模も観覧者の数も段違いだ。

何より『自分が今テレビに映っていて、全国の人たちから見られているんだ』という意識が鼓動を激しくさせる。

その華やかさに足を竦《すく》ませながら、俺は台本通り久平《くびら》さんに歩み寄った。

「桃坂《ももさか》さんは昨年ドラマの番宣で出演いただきましたが、丸《まる》さんは番組初出演！　情報番組への出演というくくりでも、七年ぶりとなります！」

「「「おお～」」」

観覧席からの声に、プレッシャーはさらに上がっていく。

俺は額に汗をかいているのを感じていた。

「どうでしょう、丸《まる》さん？　久しぶりの──」

久平《くびら》さんはそこでいったん言葉を止め、首をひねった。

「……って、どうもダメですね。なんだかしっくりきませんね。ここは昔の呼び名の『丸《まる》ちゃん』『真理愛《まりあ》ちゃん』と呼ばせてもらっていいですか？」

アドリブのように見せかけているが、このトークもしっかり台本に書かれている。

司会者もある意味役者だ、と思わざるを得なかった。

「あ、はい、大丈夫ですよ」

「私も問題ないです」

「ではまず……丸《まる》ちゃん！　久しぶりの生放送出演、いかがでしょうか？」

俺は何気なく胸に手を当てた。

すると鼓動が手の平に感じられた。

「ドラマの撮影も緊張したんですが、やっぱり生放送は別格というか……。いつもこんなところでトークをしている皆さんは、本当に凄《すご》いと思います」

「随分大人な発言をするようになりましたねーっ！」

「俺も高校三年生になったんですよ！　からかわないでくださいよ！」

笑い声が観覧席から上がった。

この会話ももちろん台本だ。テレビの構成作家としては軽く笑いを取りつつ、俺がどのくらい大きくなったかを視聴者に知らせたかったのだろう。

高校三年生と俺に言わせることで、視聴者が過去のイメージとすり合わせをしやすいようにしているのだ。初めて台本を読んだとき、ちゃんとそういうところまで配慮するものなんだと感心したものだった。

「では真理愛《まりあ》ちゃんは緊張していますか？」

「群青《ぐんじょう》チャンネルでも生放送が多かったので、わたしは結構楽しんでいます」

「おおーっ、頼もしいですねーっ！　二人は子役時代同じ事務所とあって、ドラマでの共演歴こそありますが、情報番組で二人が揃《そろ》うことは初！　しかも話題沸騰中ということもあって、多くの質問を用意しています！　まずはそちらの席にお座りください！」

俺と真理愛《まりあ》は軽く一礼し、用意されたゲスト用の特別席へ移動した。

座るまでの僅かな間に巨大なボードが持ち込まれる。ところどころが隠され、斜めに折ってある部分を引っ張ると一つずつ見えていく、例のあれだ。

「まずはこの質問表をめくる前に、昨夜のドラマの反響をまとめましたので、ＶＴＲを……どうぞ！」

テレビ画面はスタジオから切り替わり、動画が始まる。

出演者側からもどう放送されているか見えているので、動画は見えている。

ただ動画の中身までは知らなかったため、俺はじっと画面を眺めた。

「先週、約七年ぶりのドラマ登場後、検索ワードで急上昇した『丸《まる》ちゃん』！　そして注目の昨夜の放送は、新たな恋の嵐が吹き荒れる激動の最終回でした！」

エフェクトとともに軽く紹介され、昨夜のドラマの名場面集へと移行した。

「『――放したくない……。俺はお姉ちゃんとこうなることを、ずっと夢見ていたのだから……』」

俺がNODOKAさんの背後から抱き着き、愛を語る。

キャーッとスタジオに悲鳴が上がった。

「『俺はまだ弱いかもしれないけど、あなたにふさわしい男になってみせます。あなたの夢を邪魔しないような、大きな心を持つ男に』」

「『夢なら覚めないで欲しい……。あなたがこの手の中にいる……そんな奇跡は、長くないってわかっているから……』」

改めて見ると、俺、相当くさいな……。

いやまあ、脚本がそうだったんだけど。理想の年下男子って、こんな感じだろうか。

あー、でも逆を考えれば納得できるかもしれない。

理想の年下女子って、例えばお人形さんのようだとか、清楚《せいそ》なのに甘えん坊とか、ギャルなのにオタクに優しいとか、女性から見ると『ありえない』と言うべきものになっていることも多いだろう。

「『さすが大人の女性は違いますね。男性を弄ぶことに慣れていらっしゃる』」

お、今度は真理愛《まりあ》のシーンだ。

「『永遠の約束なんてありません。季節とともに心は移り変わり、約束は風化します。約束は更新し続けることが大事なんです。それを放棄したのに……あなたは……』」

「『なぜわたしを見てくれないんですか……？　わたしは、あの人よりあなたを想《おも》っていると いうのに……！』」

うんうん、真理愛《まりあ》、いい役者になったなぁ。

以前は可愛《かわい》らしいことが何より目立っていたが、情念が宿るようになった。おかげでお人形さんのような役柄だけでなく、今回の恋敵役でも抜群の存在感が出ている。

名場面集が終わり、今度はインタビュー映像へと変わった。

昨夜放送のドラマを見た人に駅前で感想を聞いている映像だ。

インタビュアーが社会人女性二人に尋ねる。

「昨夜の『永遠の季節』見ましたか？」

「見ました！　丸《まる》ちゃん、成長しちゃって！　控えめなくせにグイグイ来るの、ヤバかったですよね！　あんなことを年下男子にやられたら、たまらないですよ！」

「嫉妬真理愛《まりあ》ちゃんも可愛《かわい》かったーっ！　口調はお嬢様なのに嫉妬心凄《すご》いっていうのが、昼ドラっぽくてしびれました！」

ありがたいことにどの人にインタビューしても俺たちへの絶賛が繰り広げられる。

もちろんそういう感想だけをテレビ局の人が選《え》りすぐったのだろうけれど、褒められて嫌なはずがない。

そのため俺は、インタビュー映像が終わるころにはいい気分になっていた。

ＣＭを挟み、カメラはスタジオへ。

拍手が包みこむ中、司会者の声が広がる。

「――さて！　このように大きな反響が巻き起こるほど絶賛のまま終わった『永遠の季節』！　その立役者でもあり、久しぶりの番組出演である丸末晴《まるすえはる》さんと桃坂真理愛《ももさかまりあ》さんのお二人に、質問です！」

ジャジャン！

効果音が鳴り、久平《くびら》さんが巨大ボードの一番上をめくった。

「今、丸《まる》ちゃんと真理愛《まりあ》ちゃんに聞きたい、十の質問！　これは番組公式サイトから質問を募集し、スタッフが厳選したものです！」

あっ、へー。

質問は九個って台本に書いてあったが、いつの間に変わったのだろうか。

まあドラマの放送は昨日だったから、反響を拾っているうちに一つ追加することになった……そのくらいの変更はあるだろう。

九個の質問についてはすでに回答を用意してあるので、これはいい。

だが一個とはいえ、アドリブで回答しなきゃいけないのはなかなかのプレッシャーだ。本来なら事前に一言欲しかったところだが、だからといって生放送中に不平を漏らすこともできない。

(……しょうがない)

放送が始まっている以上どうにもできないのだから、何とか乗り切ろう。

俺は静かに深呼吸をし、覚悟を決めた。

「では……第一の質問！」

久平《くびら》さんが①と書かれたところの付箋をめくる。

そこには――『お二人は年上が好き？　年下が好き？』と書いてあった。

「おっといきなり直球ですねー」

「特に丸《まる》ちゃんは、『年上殺し』とSNSで話題になってましたからね。これは興味《きょうみ》津々《しんしん》ですよ」

コメンテーターがワイワイと騒ぐ。

年上か、年下か、かぁ……。

台本を読んだとき、まず浮かんだのが黒羽《くろは》、白草《しろくさ》、真理愛《まりあ》の顔だった。

年だけ見れば、同級生、同級生、年下だ。

しかし俺はすぐに気がついた。

年上もとても魅力的だ、ということに。

たとえばこの前の絵里《えり》さんは凄《すご》かった。どこがと詳しく言えないが、素晴らしかった。感動した。

という結論に至って導きだした回答を、俺は営業用スマイルを浮かべて言った。

「年上でも年下でも魅力的な女性は多いので、特に年齢にこだわったりはしないです」

「では何歳年上までオッケーとかは？」

「特に基準はないですね。今回のドラマでいえば、ＮＯＤＯＫＡさんはとても魅力的な女性じゃないですか。正直、ちょっと危なかったです」

わはは、とスタジオに笑い声が広がる。

よしよしっ、子役時代と同じように落ち着いてやれた。こういう少しきわどい質問をうまくごまかしつつ、ちゃんと笑いを取れたのは合格点と言えるだろう。

「では真理愛《まりあ》ちゃんはどうでしょう？」

「——年上です」

食い気味の返答だった。あまりに早かったため、久平《くびら》さんが動揺したくらいだ。

真理愛《まりあ》はすでに回答は済ませたとばかりに反応を待っている。

予想の回答タイミングではなかったとはいえ、久平《くびら》さんも司会者としてこの番組を五年続けているプロ。

すぐに立ち直って話をまとめた。

「あっ……真理愛《まりあ》ちゃんは可愛《かわい》らしいイメージ通り、年上の人が好みなんですねー」

「はい」

何だろう、真理愛《まりあ》のやつ、やけに落ち着いていて、しかも凄《すご》みがある……。

俺は背中に冷たいものが伝ったが、カメラの前ということもあって笑顔を保つことにした。

＊

「では第五の質問……丸《まる》ちゃんと真理愛《まりあ》ちゃんと言えば群青《ぐんじよう》チャンネル。そこでこの質問！

『群青《ぐんじよう》チャンネルは二人にとってどういうものですか？』」

ここは穂積野《ほづみの》高校。

時刻は十二時半を過ぎ、四時間目が終わったことで昼休みに入っていた。

学校のいたるところで昼ご飯を食べながらの雑談が行われている。

今日の話題で圧倒的一番なのは、末晴《すえはる》と真理愛《まりあ》のテレビ出演だ。

群青《ぐんじょう》チャンネルの公式サイトで、十二時から末晴《すえはる》と真理愛《まりあ》が、学校からの許可を得たうえで昼の情報番組『ワイドワイド』に生放送出演することは周知されている。そのため番組開始には間に合わなかったが、みんな四時間目が終わるなり、友達と集まってスマホでテレビを視聴していた。

スマホの画面の向こう側にいる、私服姿の末晴《すえはる》が語る。

「そうですね……。俺にとって、仲間たちとバカをやれるところっていうか……。うちのリーダー、甲斐哲彦《かいてつひこ》って言うんですが、あいつの罠《わな》にはまってなし崩し的に始めた感じなんですけど、今までの高校の思い出を浮かべてみると、群青《ぐんじょう》チャンネル絡《がら》みばっかりなんですよね」

「わたしは部活の経験が今までなかったので、本当に貴重な経験をさせてもらっているな、と。憧れていた青春を今、一気に取り戻しているような気持ちでして……。群青《ぐんじょう》チャンネルはわたしにとって、かけがえのないものになっていっています」

中庭——

陽気に誘われてベンチで昼食を摂《と》る三年の女子生徒二人もまた、テレビを見ている生徒だ。

二人はスマホをスマホホルダーで立たせながら、サンドイッチを口にしていた。

「こうして見ると、丸《まる》くんと桃坂《ももさか》さん、本当に芸能人なんだって実感するよねー」

「ね。桃坂《ももさか》さんが初めて登校したとき凄《すご》かったけど、なんだかんだで慣れちゃったし」

「まあ今でも学校で桃坂《ももさか》さんを見つけると、めちゃめちゃ可愛《かわい》くてビビるけど」

「丸《まる》くんは一年のとき、全然目立たなかったよねー」

「ホントそれ。あたし、二年の学祭まで存在知らなかったー」

「ドラマ見たけどさ、場面によってまったく印象違うよね、丸《まる》くんって。ドラマは可愛《かわい》かったし、群青《ぐんじょう》チャンネルではおバカだし、今はちょっと大人っぽく見えるなぁ」

「二枚目ではないんだけど、ギャップを見ると印象に残るよね」

「群青《ぐんじょう》チャンネルで見せてるのがプライベートの性格かな？」

「プロの顔を持ってるのはなんかズルいなー。ほら、イケメンじゃないのに、歌がうまいとカッコよく見えるとかってあるし」

「あ〜、めっちゃある〜」

こんな会話があちこちで行われていた。

これほど話題になっているのに、より関係の近い群青《ぐんじょう》同盟のメンバーが見ていないはずはない。

「第六の質問ですが――」

エンタメ部の部室である第三会議室。

ここには現在、黒羽《くろは》、白草《しろくさ》、碧《みどり》、陸《りく》の四人が集まっていた。

誰かが集まろうと言ったわけではない。四人は自然とここに足を運んだ。

この場にいるメンバーは、外のようにワイワイと騒いでいない。普段の末晴《すえはる》と真理愛《まりあ》を知っているため、番組の動向を見守る感じに落ち着いていた。

「あのタヌキ、うまく本性隠すよなぁ……。ここまでくると感心するよ……」

碧《みどり》が自分のスマホ画面を見ながら、しみじみとつぶやく。

少し離れたところでやはりスマホを見ている陸《りく》もまたうなった。

「丸《まる》先輩も生放送なのに落ち着いてるよな。こういうとこ見ると、最近忘れがちだけど、すげー人なんだって思い出すぜ」

二人の会話には入らず、黒羽《くろは》は白草《しろくさ》に言った。

「嫌な予感がするんだけど」

「あら、偶然ね？　私もよ、志田《しだ》さん」

「あのモモさんの笑みって、何かしでかすときのものだよね？」

「いくらほほ笑んでいても目が笑ってないわ。何かを狙っている……そんな感じよね」

視線はあくまでスマホに。会話も雑談のよう。

しかし二人からは刺すような殺気が放たれている。

そんな黒羽《くろは》と白草《しろくさ》に、一年生ズはドン引きしていた。

「ひぇっ……志田《しだ》先輩と可知《かち》先輩には何が見えてるんだか……」

「くわばらくわばら……ああなってるときのクロ姉ぇ、マジで怖いんだよな……。今日はもう声かけるのやめとこ……」

「では次の質問に行きます！　第七の質問は――」

穂積野《ほづみの》高校の喧騒《けんそう》に関係なく番組は進んでいる。

放送時間はまだたっぷりと残っていた。

＊

一方、穂積野《ほづみの》高校第一会議室――

「第七の質問は――『群青《ぐんじょう》チャンネルで一番辛《つら》かった撮影は？』」

円形にテーブルが配置された会議室内では、黒板の前に垂れ下がったスクリーンに昼の情報番組『ワイドワイド』が流されている。

それを校長、教頭、学年主任をはじめとした教師たちが、椅子に座りながら眺めていた。

「ドッキリ系はホント勘弁して欲しいですよ！　甲斐哲彦《かいてつひこ》って最低なやつがだいたい仕組んでいるんですが、何度殺意が芽生えたか！」

末晴《すえはる》の発言に、ドッとスタジオが沸く。

しかし教師たちは笑わない。重い空気が会議室を包んでいる。

司会者ポジションにいる教頭が、会議室の中央に立っている少年に目を移した。

「テレビで名前を挙げられるなんて、君も随分と有名人なんだね」

「まあ、あの二人ほどではありませんが。群青《ぐんじょう》チャンネルでは結構顔を出していますので、動画を見ていてくださった方々には認知されているかと」

あまりの愛想《あいそ》のなさに教頭が苦い顔をする。

しかし哲彦《てつひこ》は一切動じない。ただ会議室の中央で立ち尽くしている。

テレビ画面の中の末晴《すえはる》は語った。

「あ、辛《つら》いって意味はいろいろあると思うんですけど、『パラダイスＳＯＳ』での撮影は辛《つら》かったですね。可知《かち》さんが足を痛めるほど練習をしていまして、かといって見ていることしかできず、自分が代わりにできればどれほどよかったか、と」

「やっぱりこのとき廃部にすべきだったんですよ」

教頭が断じた。

声には、露骨な敵意が混じっている。

「生徒の自主独立といっても、顧問もなしに旅行へ行って……ケガをして……。保護者が騒がなかったからよかったものの、下手をすれば学校がどれほど非難されたことか」

そのとき、まるで教頭の発言を受けたかのように真理愛《まりあ》が言った。

「最近、部活動におけるケガなどで学校側が過剰反応し、チャレンジができなくなってしまうことも多いと聞きます。でも白草《しろくさ》さんはこのときのチャレンジを貴重に思っていると言っていました。わたしたちの活動を見守ってくれている学校には多大な感謝をしています」

教頭が苦渋の表情を浮かべる。

それを見逃す哲彦《てつひこ》ではなかった。

「よかったですね、教頭先生。これ、全国放送ですよ？　真理愛《まりあ》ちゃんの発言によって、我が校は先見の明のある学校と見られるのでは？」

「……そんな単純なものではない。必ず非難もある」

「非難がないものなんてありません。教頭先生に限っては、一つの非難を百倍にして解釈するようなことはないと思いますが……」

「当たり前だ」

「ご理解いただけているなら何よりです」

哲彦《てつひこ》は口調こそ丁寧だが、嫌味で言っていることを隠していない。

教頭は眉間に皺《しわ》を寄せ、眼鏡の位置を中指で直した。

「うわっ、丸《まる》も桃坂《ももさか》も、ＳＮＳでトレンド入りしてますよ」

スマホを触っていた教師の一人がつぶやいた。

その一言は他の教師たちにも飛び火した。

「とんでもない影響力ですね……」

「芸能人を普段から受け入れている高校ならともかく、平凡な進学校のうちとしては……」

「体制やルールの整備が間に合っていませんよね……」

「今はまだプラスの面が大きいですけど、もし何か問題が起こったときどうなることか……」

教師たちの発言を哲彦《てつひこ》は黙って聞いていた。

ただし目線だけはスクリーンに映るテレビに向けている。

哲彦《てつひこ》は待っていた。そのときを。

＊

生放送はつつがなく進み、ついに最後の質問まで来ていた。

「さて、十個目の質問です！」

久平《くびら》さんが調子よく告げる。

スタジオが温まり、トークの切れ味が増しているのだ。

そんな上り調子の久平《くびら》さんとは逆に、俺は顔を青くしていた。

（まだ知らない質問が出てきてない……）

俺の台本には九個目までしか書いてなかった。

いつ来るか……次か……と思っているうちに最後の質問まで来てしまった。

久しぶりの生放送ということもあって、緊張しているし、疲弊が早い。加えて台本に知らないことがあるとわかっているため、気疲れで疲労が加速している。

今すぐベッドにダイブして眠りたい気分だったが、ある意味ここからが本番。気合いで最後の山を乗り越える必要があった。

（うまくアドリブで対応するんだ……）

ドクッドクッ、と心臓が脈を打っているのがわかる。

俺は唾を呑《の》み込み、司会者の動きを見守った。

「最後の質問は――」

久平《くびら》さんはボードの付箋に手を伸ばすと、一気に引っ張った。

「『で、結局丸《まる》ちゃんの本命って誰なの？』です！」

「――ぶふっっっっっっっっ!!」

俺は噴き出し、床に崩れ落ちた。

おいぃぃぃぃぃぃ！

よりにもよって唯一知らなかった質問がそれかよぉぉ！

――全　国　生　放　送　中。

その重みはわかってる！　十分にわかっているんだ！

でもだからこそと言うべきか……さすがにその質問は限界を超えすぎていて……全身が脱力し、崩れ落ちざるを得なかった。

「いやいやいや！　ちょっと待って！　待って待って！」

俺は手を突き出して勘弁して欲しいことを表現するが、カメラマンはむしろ寄ってくる。

「ちょっと映すの待ってもらえませんか!?　マジでぇ！」

椅子に手をかけて何とか膝立ちまで体勢を持ち直したが、疲労と不意打ちで脳が回らずフラフラする。

司会者の久平《くびら》さんは楽しそうに両手を広げた。

「ドッキリ大成功！　実はこの質問、丸《まる》ちゃんに内緒にされていました！　ちなみに発案者は群青同盟《ぐんじょう》のリーダー、甲斐《かい》哲彦《てつひこ》くんです！」

「あの野郎ぉぉぉぉ！　これ全国放送なんだぞぉぉぉぉ！」

さっき殺意が湧いたって発言を即座に回収しすぎだろぉぉぉ！

コメディアンのコメンテーターが膝を打った。

「丸《まる》ちゃん、いいリアクションやなぁ！　しまった、熱々のおでん用意しておくべきやったわ！」

「あっても食べませんからね！」

「残念やなぁ。ならこの話は置いといて……本命の子、聞こか」

「うっ――」

四方八方から降りかかる期待の眼《め》。

コメンテーターだけでなく、観覧者の皆様方も俺の一挙手一投足に注目している。

流れを！　流れを変えなければ！

「ちょっっっ！　いやいやいや！　そ、そうだ！」

こんなときにできること――

それは、逃避だ。

「皆さんちょっと疲れてませんか？　ここで話はいったん区切りまして――CM、どうぞ！」

俺が強制的にスタッフへ話題を振ると、プロデューサーがアシスタントディレクターに耳打ちした。

アシスタントディレクターが慌ててスケッチブックにマジックで文字を書き殴る。

スケッチブックが反転されると、こう書かれていた。

『たっぷり時間用意してあるから頑張って』

「あのぉぉぉ！　『頑張って』じゃないんだがっっっっ！」

　俺がもだえ苦しんでいると、新たなボードが運ばれてきた。

　きっと俺に質問が伏せられていただけで、一連の流れは台本通りなのだろう。

　手早く久平《くびら》さんが解説する。

「えー、群青《ぐんじょう》チャンネルを見ていない方に説明しますと、昨年九月、丸《まる》ちゃんはデビュー動画で幼なじみの志田黒羽《しだくろは》さんに文化祭で公開告白し、盛大に振られています」

「図つきで説明するのマジでやめて！」

　図には俺、黒羽《くろは》、白草《しろくさ》、真理愛《まりあ》の名前が書かれていて、俺から黒羽《くろは》への矢印にはハート印があり、バッテンがつけられていた。

「その後なんだかんだあって、志田黒羽《しだくろは》さん、小説家の可知白草《かちしろくさ》さん、そしてここに来ていただいている桃坂真理愛《ももさかまりあ》さんが群青《ぐんじょう》チャンネルで丸《まる》ちゃんを取り合っているような状態でして。その殺伐とした女の戦いが群青《ぐんじょう》チャンネルの見どころの一つになっています」

　コメンテーターの一人である、中年の女性料理専門家が言った。

「あ、そういえばこの前、群青《ぐんじょう》チャンネル見てるとき、いいコメントあったんですよ。『今、一番熱い修羅場がここにある』っていうもので。私もこれだなって思いました」

「あーあー、聞きたくないーっ！　俺はエゴサしていないんでそういうのマジで言わないで欲しいーっ！」

　あの、ホントに勘弁してくれないかな……？

本気の本気でこれ、全国放送の生中継なんだけど……？

「えー、丸《まる》ちゃんがコメント不能なようなので、桃坂《ももさか》さんはどうお思いでしょうか？」

「あー、そうですねー」

真理愛《まりあ》はぼやかしたように言い、俺を見た。

「あ、末晴《すえはる》お兄ちゃんが耳をふさいでしまっているので、ちょっと待ってもらっていいですか？　その間に一カメさん、準備お願いします。二カメと三カメさんもいいですか？」

カメラマンさんたちが視聴者に見えないところでグッと親指を立てる。

（えっ……？　モモのやつ、カメラマンさんと繋《つな》がってるのか……？）

不可思議な行動を見て、俺は自然と耳から手を離した。

「こほん」

真理愛《まりあ》はわざとらしい咳《せき》を一つした。

「久平《くびら》さんの問いかけは、わたしが十個目の質問に対してどう思うかですよね？」

「ええ」

「それについてですが――」

真理愛《まりあ》は一瞬だけ俺に向けてにやりと笑い、次にカメラを正面から見据えた。

まるでカメラの奥にいる視聴者を見つめ返すかのようだ。

そんな意味深な行動をした後、真理愛《まりあ》は言う。

これまで見た中で最高のドヤ顔で。

「──わたしは……末晴《すえはる》お兄ちゃんを愛しています！」

一カメ、アップ！

二カメ、アップ！

三カメ、アップ！

と真理愛《まりあ》のドヤ顔が三方向から切り替わりながらアップになる。

真理愛《まりあ》は実にご機嫌で、してやったりの表情だ。

「ぶふっっ！」

俺が噴いたと同時に、悲鳴にも似た黄色い声がスタジオ中に木霊《こだま》した。

「きゃあああぁぁぁぁぁぁ！」

「うそぉぉぉぉぉ！」

「生放送中に真理愛《まりあ》ちゃんが告白したぁぁぁぁ！」

スタジオは狂乱状態となった。

観覧者の強烈な反応とは正反対に、司会者の久平《くびら》さん、コメンテーターの方々は目を丸くしている。

「こ、これは……いや、まさか、この場で告白とは……」

そこまで言って久平《くびら》さんは絶句する。

コメンテーターたちは唖然《あぜん》としつつ、口を開いた。

「とんでもない子やで、真理愛《まりあ》ちゃん……」

「度胸が凄《すご》いというか、前代未聞《ぜんだいみもん》というか……。私、真理愛《まりあ》ちゃんより倍以上年を取っていますが、こんなことできないです……。同じ女性として、尊敬してしまいますね……」

スタッフたちは声こそ出さないが、もっとわかりやすく動揺している。走り出した人とかがいるからだ。間違いなくこの告白は真理愛《まりあ》のアドリブだったのだろう。

観覧者のどよめきが収まらず、カオスとなったスタジオ。

ここで走っていったスタッフの一人がプロデューサーにささやき、またスケッチブックにアシスタントディレクターがマジックを走らせた。

書かれていたのは『続けて！』だ。

どうやら好意的に受け止められていると見て取ったうえでの判断のようだ。少しずつ場が冷静になっていくにつれ、真理愛《まりあ》の勇気に対して多くの人が敬意を抱いているように見えた。

そして生放送中に告白された俺は――

情けないことに現実感が湧かず、呆然《ぼうぜん》としてしまっていた。

「ほら、末晴《すえはる》お兄ちゃん、手を」

床に膝をつけたままの俺に、真理愛《まりあ》が手を差し伸べてくる。

「あっ、ああ……ありがとう……」

「いえいえ」

新たな動きがあったことで、スタジオは急速に静まり返った。

スタッフも観覧者も、誰もが真理愛《まりあ》がまた何かするのではないかと固唾を呑《の》んで見守っている。

俺が特別席に座りなおしたのを確認し、再び真理愛《まりあ》はコホンとわざとらしい咳《せき》をした。

「まずですね、改めて言っておきますと、これはわたしの偽らざる気持ちです。わたしは末晴《すえはる》お兄ちゃんを一人の男性として愛しています。もちろんこれは冗談ではなく、一世一代の告白と言えるものであると、重ねて補足させてもらいます」

まったく緊張する様子も見せず、真理愛《まりあ》は朗々と語る。

「そしてこれはわたしの自己責任でしていることなので、志田黒羽《しだくろは》さん、可知白草《かちしろくさ》さんに迷惑をかけるような行動は、絶対にしないでください。また、末晴《すえはる》お兄ちゃんに気持ちを問い詰めるような行動も、絶対にしないでください。わたしが勝手に自分の気持ちを公表しただけで、わたしは返答を求めていません」

「モモ……」

お前も黒羽《くろは》や白草《しろくさ》と同様、俺の気持ちが固まるのを待ってくれるというのか。

これだけの場で告白するのはよほどの覚悟があったのだろうに、あくまで俺の気持ちを大切にしてくれるのか。

そのことに胸が熱くなった。

「末晴《すえはる》お兄ちゃん」

そう呼び、真理愛《まりあ》は俺に身体《からだ》を向けた。

「末晴《すえはる》お兄ちゃんは子役時代からの兄妹《きょうだい》みたいな間柄だから……と、わたしがどれほど好意を伝えても、真剣に受け取っていませんでしたよね？」

「いや、それは――」

好意はわかっていた。

でも黒羽《くろは》に文化祭の舞台で盛大に振られたことや、元々異性へモテる自信がなかったことで、ずっと正視せずにいた。好かれていると勘違いするより、好かれていない前提で行動するほうが恥ずかしい思いをしないと、自分の心を守りに入っていたのだ。

「……ごめん。どう対応すればいいか、わからなくて」

「けど、さすがに末晴《すえはる》お兄ちゃんでもわかりましたよね？　どれだけ本気か」

真理愛《まりあ》はスタジオ観覧者のほうへと振り向いた。

「生放送中での告白……これが冗談で済まないことは、末晴《すえはる》お兄ちゃんも……今、視聴中の皆さんにもわかりますよね？」

「……当たり前だ」

それだけは断言できる。

俺には告白された側として、真理愛《まりあ》の勇気を受け止める義務があった。だから理解していることだけでも今すぐ伝えなければならなかった。

「この告白に、わたしは回答期限を求めません。報われるためなら、何年だってわたしは待ちます。待てます。だからわたしの気持ちを真剣に受け止め、考えて欲しい――わたしが求めるのは、それだけです」

この場の空気は真理愛《まりあ》が握っている。

司会者も、コメンテーターも、観覧者も、スタッフも、みんな呆気《あっけ》に取られ、真理愛《まりあ》に注目している。

そんな空気のさなか真理愛《まりあ》は颯爽《さっそう》と席を立つと、前に出た。そしてスカートの端をつまんで優雅に頭を下げると、カメラの向こう側に向けて、ニッコリと花のような微笑《ほほえ》みを浮かべた。

「――というわけで視聴者の皆さん、わたしの恋の応援、よろしくお願いしますね♡」

第四章　舞台は整った

＊

「──わたしは……末晴《すえはる》お兄ちゃんを愛しています！」

　この真理愛《まりあ》の一言は、あっという間に穂積野《ほづみの》高校中を駆け巡った。

「や、やりやがった……っ！　真理愛《まりあ》ちゃん……やりやがった……っ！」

「速報！　速報！　真理愛《まりあ》ちゃんが生放送で告ったぞぉぉぉ！」

「ジョージ先輩に連絡を取れ！　〝お兄ちゃんズギルド〟、緊急招集だ！」

「おい！　丸《まる》が次に登校するの、明日か⁉　学校内じゃ教師に制止されるかもしれない！　校門前で捕まえてボコボコにするぞ！」

「待て！　それは真理愛《まりあ》ちゃんの『応援して欲しい』ってお願いを無視することになる！」

「く……っ！　なんてことだ……っ！　丸《まる》には拷問が必要なはずなのに……っ！」

「ここで一計……真理愛《まりあ》ちゃん派の人間は、志田《しだ》さんか可知《かち》さんを応援するってのはどうだ……？　もし丸《まる》が二人のどちらかとくっついたら、傷心の真理愛《まりあ》ちゃんに近づけるって可能性が高まるが……」

「バカやろう！　俺はただ真理愛《まりあ》ちゃんに幸せになって欲しいんだよ！　丸《まる》はくそムカつくが、真理愛《まりあ》ちゃんが幸せなら、俺は……俺は……応援するつもりだ……っ！」

各自の想《おも》いが交錯し、学校内は混沌《こんとん》と化していた。

無論、群青《ぐんじょう》同盟の主力が密《ひそ》かに集まっている、第三会議室でも同じだった。

「モモさん、随分と大胆な手を使ってくれるじゃない……」

もっとも恐ろしい空気を発しているのは黒羽《くろは》だ。

部屋を覆いつくす圧倒的な黒いオーラに、すでに陸《りく》の足は生まれたての子鹿のように震えていた。

「し、志田《しだ》！　何とかしてくれよ！　姉妹なんだからさ！」

「無理無理！　ここまでくると寝るのを待つか、父さんか母さんしか止めらんないって！」

だがそんな黒羽《くろは》へ遠慮なく声をかける人物がいた。

白草《しろくさ》だ。

「……志田《しだ》さん、ここまでやるって予測してた？」

黒羽《くろは》は殺気を放ったまま、静かに首を左右に振った。

「正直、まったく……。派手なことをしそうだとは思っていたけど……だってこれ、全国に生放送中だよ？　あり得ないよ……」

「桃坂《ももさか》さん、家庭環境や芸能界での経歴を見ても、ただものではないのは明らかだったけど……」

「あたしも凄《すご》く高く評価してたんだけど……予想、超えられちゃったかな……」

黒羽《くろは》が下唇をかみしめる。

その姿を見ながら白草《しろくさ》がつぶやいた。

「それほどまで桃坂《ももさか》さんは追い詰められていたのかもね……。見ようによっては、今回の桃坂《ももさか》さんの行動って、志田《しだ》さんのやり方の拡大版だし」

「っ！」

黒羽《くろは》は苦渋の表情を浮かべた。

「志田《しだ》さんはクリスマスパーティーで公開告白したことで学校内を味方につけたけど、桃坂《ももさか》さんは全国に多くの応援者を作った。もちろん女優を目指す桃坂《ももさか》さんにとって、この行動は仕事に悪影響があるかもしれない。でも――」

「だからこそ強いし、身を切っているとわかるからこそみんな応援したくなる。この行動で、さすがにハルにも、ちゃんと想《おも》いの強さが伝わったはずだし」

「慎重に告白のタイミングを狙っているのはわかっていたけれど……ここまでくると感心するわ」

「同感。モモさんとライバルじゃなければ応援したくなったかも」

「そう、ね……」

二人が落ち着くと、部室は静まり返った。

そのせいで聞こえてくる。どこからともなく足音や怒声が飛び交っていた。

第三会議室は体育館の外れにある。ここまで声が聞こえてくることだけで、どれほど学内がパニックになっているかがわかった。

白草《しろくさ》は悩ましげにあごを手のひらに乗せた。

「でもこれ、どう収めるのかしら？　ただでさえ先週のスーちゃんの出演で職員会議にかけられているっていうのに……今回の盛り上がりは、ドラマの反響プラス桃坂《ももさか》さんの生放送告白で、単純に考えても倍以上ね」

少し間を空けて、思案をしていた黒羽《くろは》が口を開いた。

「あたし、引っかかってることがあるんだけど」

「何かしら？」

「最後の質問なんだけど、哲彦《てつひこ》くんのアイデアでハルに隠されてたって言ってたよね？」

「……言ってたわね。ということは――」

黒羽《くろは》は頷《うなず》いた。

「一連の出来事――ヒナさんが合宿に来たことから、ドラマのゲスト出演、今回の生放送、そして告白――すべてモモさんは哲彦《てつひこ》くんと組んで進めていたと見ていいと思うの」

「それは……ありえないことじゃないわね。考えてみると、順調すぎるわ」

「そう。ヒナさんを連れてきたのも、ドラマの出演依頼も、生放送も、全部モモさんが持ってきた話なの。ここが引っかかるんだよね」

「確かに、その間のスーちゃんの行動や反応は予測が難しいものじゃないし……。あまりにも遠回りで時間がかかって、しかも壮大な案だからにわかに信じがたいけど……」

「モモさん、あたしの告白を超えるために、先に『テレビの生放送中に告白しよう』って決めたんじゃないかな？　絶対にあたしができないことに目標を定めて、そこから実現させる方法を逆算していった……それなら結構しっくりくるかな」

「なるほど、そうね」

そんな会話を聞きながら、碧《みどり》と陸《りく》は小声で話していた。

「うちの姉の洞察力が怖すぎる件」

「いやもう、おれの中では先輩たち全員人外過ぎるっつーか……。一生勝てる気がしねぇっつーか……」

「まー、甲斐《かい》先輩も大概だしな……」

意識の端で碧《みどり》の声に耳を澄ませていた黒羽《くろは》は話を戻した。

「で、この騒動をどう収めるかについてだけど、ここまで哲彦《てつひこ》くんが絡《から》んでいる以上、きっと落としどころも用意していると思うんだよね。職員会議にかけられることについて、全然焦《あせ》ってなかったし」

「落としどころ、ね。あの男が用意する落としどころなんて、嫌な予感しかしないわ」

「でも玲菜《れな》ちゃんは見守って欲しいって言ってる」

白草《しろくさ》は腕を組んだ。

「不思議な繋《つな》がりなのよね、あの二人。中学校の先輩と後輩らしいけれど、明らかにそれだけではないし……でも、恋愛臭はまったくしないのよね……。志田《しだ》さんは何か知ってる？」

「……予測はしてるけど、確証はないからノーコメントで」

「まあいいわ。じゃあ浅黄《あさぎ》さんの居場所は知ってる？　今後の動き方について話しておいたほうがいいと思うのだけれど」

群青同盟《ぐんじょう》のうち、末晴《すえはる》、真理愛《まりあ》は生放送中。

哲彦《てつひこ》は職員会議に呼び出され中。

黒羽《くろは》、白草《しろくさ》、碧《みどり》、陸《りく》はここ第三会議室に自然と集まっている。

居場所がわからないのは玲菜《れな》だけだった。

＊

玲菜《れな》は職員会議が行われている第一会議室から出てすぐの廊下にいた。

何気ない素振りで壁に背をつける。

そうすると中の会話が漏れ聞こえていた。

「甲斐《かい》くん！　こうなることは知っていたのか！」

現在、真理愛《まりあ》の告白を見た教師たちが驚愕《きょうがく》。

ただでさえ問題視していた話題の大きさがさらに膨れ上がり、会議室はパニックに似たような状態となっていた。

「そうですね。かなり前から真理愛《まりあ》ちゃんは仕込んでいたので、ささやかながら手伝いを。今回、最後の質問を末晴《すえはる》に隠すというアイデアも、その一環で番組プロデューサーに提案させてもらいました」

「非常識だとは思わないのか！」

「非常識……？　意味がわかりませんが」

「テレビの生放送で告白なんて！　高校生の不純異性交遊は問題になりやすい！　しかし教師側としてはうかつに口を出すこともできず、黙認しているというのに……」

哲彦《てつひこ》が鼻で笑う。

「不純？　どこが？　テレビの生放送中での告白ですよ？　何百万人……下手したら一千万人以上が見るかもしれないところでの告白を、不純ですか？　むしろ堂々としているんじゃ？　オレは真理愛《まりあ》ちゃんからその覚悟を聞いたとき、感心しましたが？　先生たちの中に一人でも、これほど多くの人の前で告白できる人がいますか？　これを不純と言うなら、世の中に純愛なんてないんじゃないですか？」

哲彦《てつひこ》の反論に、沈黙が流れた。

別の教師が問う。

「覚悟を聞いたとは、いつからだ？　先ほどかなり前から仕込んでいると言っていたが」

「春休みだったので、三か月は前でしょうか。真理愛《まりあ》ちゃんは一つずつ積み重ねて、末晴《すえはる》との生放送共演……そして今回の告白に繋《つな》げました。単純な学力を超えたその知略、計画性、度胸、実行力……正直、うちの高校に通ってくれるレベルの子じゃないです。我が校の誇りとして、表彰状でも授与してはいかがですか？」

再び会議室が静まり返る。

漏れ出る声を拾っていた玲菜《れな》は、教師たちが絶句しているのだと察した。

（テツ先輩、あいかわらず吹っ切れてるっスなぁ……）

さっきドアの隙間から覗《のぞ》き込んだら、教師たちに囲まれ、一人中央に立たされていた。吊《つる》し上げられている、と言える格好だ。

なのに一歩も引いていない。むしろ隙を見つけては反撃し、大人たちを翻弄している。

（丸《まる》パイセンやももちーもかなり常識離れしてるけど、あっしから見るとテツ先輩が一番ヤベー人なんスよね……）

平凡な自分では生涯たどり着けない領域にいると玲菜《れな》は思わずにはいられなかった。

誰ができるだろうか。

何もない状態から丸末晴《まるすえはる》というかつての子役スターに近づき、復活させることなんて。

誰ができるだろうか。

復活したスターを中心に人を集め、学校が持てあますほどの知名度と影響力を持つチャンネルに育て上げるなんて。

すべては――『復讐《ふくしゅう》』のため。
そして――『幼なじみ』のため。

哲彦《てつひこ》の計画は最終段階に達している。

そのことが、阿部《あべ》肇《はじめ》のところに一緒に行ったことだけでも玲菜《れな》にはわかった。

だってはっきりと『オレはお前の腹違いの兄だ』と言われていないが、もう状況証拠でそう言われているのと同じ状態になっている。

ショートムービーのシナリオ……ハーディプロの株主に支援を求めていること……そこに自分を同席させること……。

計画が具体的に動き始めて、もう隠せないところまで来ているのだ。

「告白自体はいいとしても、マスコミが押しかけてくるぞ！　どうするつもりだ！」

「さすがに校内には入ってこないですよね？　無視すればいいじゃないですか」

「勉強へ集中できなくなる生徒も出るだろう。そうなると、在校生の家族からの苦情もあると見なければならない。OB、OGも騒ぎ出すだろう。いたずらも含めた様々な電話が寄せられるのは確実だ。その対応にどれほどの労力がかかるか……」

「ここは私立高校ですよね？　末晴《すえはる》や真理愛《まりあ》ちゃんの行動は広報の一環として受け止めては？　それなら人員を増やしても、プラスとして計上できませんか？」

「理事会で決定した広報の結果なら喜ばしいだろう。しかし今回の一件は制御できていない。群青《ぐんじょう》チャンネルは劇薬すぎる」

玲菜《れな》にとって、教師たちの懸念《けねん》はもっともだった。

普通はそう考える。

常識外れのほうは、群青《ぐんじょう》同盟側だ。

しかしその一つ一つを哲彦《てつひこ》は時にはなだめ、時には利益をちらつかせて叩《たた》き落としていく。

「無茶しすぎなんスよ、お兄ちゃん……」

玲菜《れな》は天井を仰がずにはいられなかった。

とっくに一高校生がやるレベルを超えている。

その能力に全幅の信頼を置いている玲菜《れな》だったが、哲彦《てつひこ》が持っている危うさだけは無視できなかった。

（あっしは、テツ先輩が幸せでいてくれていれば、それでいいんスけどね……）

何度も——中学時代からそれこそ数えきれないくらい、直接告げていることだ。

しかし哲彦《てつひこ》はそのたびに何を言っているんだと一蹴するだけだった。

（目の前にある幸せにもっと目を向けて欲しいと思うんスが……テツ先輩はいつも未来ばっかり見ていて……今も走り続けている）

玲菜《れな》は中学時代から哲彦《てつひこ》を見ていた。

しかし今ほど幸せそうな時期はない。

ずっと孤独そうにしていた哲彦《てつひこ》に、今は仲間がいる。

とんでもないことをやっても、ついてこられる人たちが揃《そろ》っている。

今までは才能を持て余し、鬱屈を女性を口説くことでしか紛らわせなかったのに、女遊びを忘れるほど新たな企画を立てることに熱中している。

「ホントにアホで、すぐセクハラするし、暴力振るうし、ビビりだし、テツ先輩とはまったく別の意味で問題な人ですけど——」

玲菜《れな》はスマホを取り出し、テレビに切り替え、画面を見つめた。

「きっとテツ先輩と並べるのはあなたしかいないんですよね、パイセン……」

＊

第一会議室の紛糾は収まらずにいた。

それも当然だった。

哲彦《てつひこ》がどれだけ反論しても、群青《ぐんじょう》チャンネル自体の影響力はなくならないし、影響力がある以上、一歩間違えば学校にとって大問題となる可能性がある。

そんな中、若い女教師が会議室に駆け込んできた。

「会議中、すみません……っ！　先ほどの桃坂《ももさか》さんの告白を受けて、マスコミから取材の電話が殺到しているのですが……っ！」

「後ほど改めて回答すると伝えてくれ」

「もちろんそう答えているのですが、あまりに多くて、電話番が足りず……」

教頭が目を光らせた。

「ほら見たことか！　さっそくこうなった！　懸念《けねん》していた通りだ！」

教頭の勢いに押され、教師たちはささやき合った。

「午後、空いている先生は誰だ？　大変だなぁ、自分の授業の準備もあるだろうに……」

「マニュアルなしでどう対応すればいいんだ？　変に言葉尻をとらえられても、責任取れないぞ……」

「そもそも誰がマニュアル作るんですか？　どう作るかも問題ですし」

「芸能科のある学校に連絡してみるというのは――」

そんな教師たちの会話を耳では聞きながら、哲彦《てつひこ》はあくまで目線をスクリーンに映されたテレビへ向けていた。

まだだ。

まだ、生放送でのハプニングは終わっていない。

「丸《まる》ちゃん、ホンマええリアクションやなぁ！　ワイとお笑いコンビ組まへん？　天下取れるで！」

コメディアンのコメンテーターの一言で、テレビ画面の中の末晴《すえはる》は顔色を変えた。

照れと混乱の極みであったのに、瞳に冷静さが戻ってきている。

それを哲彦《てつひこ》は敏感に察知した。

「それは……大変ありがたい話なんですが……すみません、お断りさせていただきます」

「何でいきなり真面目やねん！」

笑い声がスピーカーから広がる。

哲彦《てつひこ》はささやき合う教師たちに告げた。

「――お静かに」

哲彦《てつひこ》らしくない言葉に、虚を突かれた教師たちは思わず会話を止めた。

「実はこの生放送で覚悟を決めていたのは、真理愛《まりあ》ちゃんだけじゃないんですよ」

へっ？　と教師の一人がつぶやいた。

「教師の仕事って、生徒の進路指導もあるじゃないですか？　末晴《すえはる》のやつ、ずっと悩んでいたんですけど、やっと決めたんです。全国生放送で言って、退路を断つ覚悟らしいんで、聞いてやってください」

会議室全員の注目がテレビに戻る。

そこでは末晴《すえはる》がこう話していた。

「実はわたくしごとながら、俺もこの放送で言いたいことがあって――」

末晴《すえはる》は大きく深呼吸すると、ゆっくりと告げた。

「俺は高校卒業後、大学へは進学せず、役者に戻ることを希望しています。事務所は決まっていませんが、一から頑張るつもりです。もしよろしければ、応援よろしくお願いします」

＊

「マジかよ⁉」

穂積野《ほづみの》高校第三会議室でそう叫んだのは陸《りく》だ。

だが狼狽《ろうばい》しているのは陸《りく》のみで、黒羽《くろは》、白草《しろくさ》、碧《みどり》は淡々と受け止めていた。

「志田《しだ》さん、知っていたのね」

「可知《かち》さんこそ」

「私はスーちゃんと将来を共に歩む仲……知らないはずがないでしょ？」

黒羽《くろは》はジト目で白草《しろくさ》を見つめた。

「んー、可知《かち》さんってポンコツだから、可知《かち》さんが察知したって可能性はないと思うんだけど……」

「私は志田《しだ》さんと違って成長する女なの。かわいそうに、志田《しだ》さんはこれからも曇った目のままなのね」

「かといってハルはなるべく隠そうとしていたから、自分から言いそうにない……。実際、モモさんでさえ知らなかったような反応に見える……」

真理愛《まりあ》はほほ笑んでいるが、画面越しに見ても動揺が隠しきれていない。

末晴《すえはる》の発言の内容、行動共に知らなかった可能性が高いだろう。

黒羽《くろは》はふと、とある情報漏洩《ろうえい》ルートの可能性に気がついた。

「……碧《みどり》、話したでしょ？」

「ギクゥ！」

丸わかりの反応に、黒羽《くろは》は目を細めた。

そっと部屋から立ち去ろうとする碧《みどり》に追いつき、黒羽《くろは》は背伸びして碧《みどり》の耳を引っ張った。

「いでででっ！　クロ姉ぇ！　マジで勘弁！」

「こういうの、黙ってるのが礼儀でしょ？」

碧《みどり》は身体《からだ》を倒したが、元々の身長差が二十センチ以上ある。

やむなく碧《みどり》はしゃがみ、それでようやく痛みから解き放たれた。

「クロ姉ぇ！　元々がちっちぇんだから、それきついって！」

黒羽《くろは》は額に血管を浮かせ、つまんだままの耳をひねった。

「誰がちっちゃいって？」

「いででっ！　この暴力姉！　性悪！　腹黒！」

「ふーん、碧《みどり》……お仕置きされたいんだ……ふーん……」

「やめなさいよ、志田《しだ》さん」

白草《しろくさ》が声をかけた隙をついて碧《みどり》は脱出。

そのままダッシュで白草《しろくさ》の背後に隠れた。

「碧《みどり》ちゃんに問いただしたのは私よ。それにスーちゃんが生放送中に進路を言うことは聞くまで想像外だったけれど、ドラマ最終回の演技を現場で見て、役者に進むってみんな感じてたんじゃないかしら？」

「そうなんだけど、可知《かち》さんだけは気がついてないかなって思ってたから」

「あいかわらず失礼な女ね！　……まぁ、パパとおじ様の雑談を聞いてなかったら厳しかったかもしれないけど」

「ん～、可知《かち》さん何を言ったかはっきり言ってくれない？」

白草《しろくさ》はテレビがＣＭに入ったことを見届けると、黒羽《くろは》の要望を無視して逆に聞き返した。

「それより志田《しだ》さんは、スーちゃんからどうやって聞き出したわけ？」

「普通に話してくれないの水臭くない？　って言っただけだけど」

納得がいかない顔の白草《しろくさ》に、碧《みどり》がささやいた。

「うちの姉、得体のしれないプレッシャーみたいなのを自由に使えるので、半ば脅しが入っていたかと」

「なるほど、よく理解できたわ」

「どうして納得できるのよ！」

ぎゃあぎゃあと騒ぐ黒羽《くろは》と白草《しろくさ》を横目に見ながら、陸《りく》がポツリとつぶやいた。

「せっかく群青同盟《ぐんじょう》に入れたと思ったのに、もう先輩たちの卒業の話題が出るんすね……」

黒羽《くろは》がそのつぶやきを拾った。

「そりゃ普通、夏休みには受験勉強がっつりしなきゃいけないし」

「じゃあ先輩たちは夏休み前で引退っすか？」

黒羽《くろは》と白草《しろくさ》は顔を見合わせた。

「うーん、そうなるのかな？」

「甲斐《かい》くんがかかわっている以上、普通の発想は当てはまらないかもしれないけれど」

「ハルは進学しないって言ったから、もっと後まで残るかもね」

「じゃあ私も残ろうかしら。私、志望校の合格判定でA出てるし」

「あたし、志望校の推薦が取れそうなんだよね。だったら可知《かち》さんよりゆっくりいられるかも」

「な……っ！」

白草《しろくさ》は一瞬取り乱したが、美しい黒髪を丁寧にすいた。

「ふふんっ、張り合わなくてもいいのよ、志田《しだ》さん？　推薦で決めず、もっと偏差値の高い大学を目指しても志田《しだ》さんならきっと受かるわよ？」

「ありがとう、可知《かち》さん。でも進路は自分で決めるから心配しないで。それより可知《かち》さんは志望校の推薦、取れそうにないんだね。いいことわかっちゃった」

「志田《しだ》さん……あいかわらず油断のならない女ね……」

末晴《すえはる》と真理愛《まりあ》の出演が終わったので、碧《みどり》がスマホをテーブルに置いた。

「そういえば甲斐《かい》先輩、どうなってるんだろ？　三年生の引退問題もあるけどさ、まずは先生たちが活動を許してくれなきゃ」

「それは――」

黒羽《くろは》は視線を迷わせた。

「うん、そうね。哲彦《てつひこ》くん、落としどころどうするんだろ……。相当世間は盛り上がってるだろうし……」

「SNS、大騒ぎっすね。八割は桃坂《ももさか》先輩の告白の話題っす」

素早く検索した陸《りく》がフォローする。

白草《しろくさ》がため息をついた。

「万が一スーちゃんと桃坂《ももさか》さんが強制引退みたいなことになったら、群青《ぐんじょう》同盟の維持は不可能ね」

「それは哲彦《てつひこ》くんが一番わかっているはず。それを呑《の》ませないため、代わりにどんなカードを切るのかが問題かな」

「先生たちに通じるカードなんてあるかしら？」

「あたしじゃちょっと浮かばないなぁ……。哲彦《てつひこ》くんの目的がどこにあるかによって切れるカードは変わると思うけど……正攻法じゃ先生たちも納得しづらいというか……活動継続を呑《の》ませられる何らかの切り札が必要になるんじゃないかな……？」

「パパが踏み込む、とか？」

黒羽《くろは》は首を傾《かし》げた。

「例としては合ってるんだけど、それやるとしたら可知《かち》さんの耳に入ってないのはおかしいと思うんだよね……。うーん、気持ち悪いなぁ……。可知《かち》さん、悪いけど、今日みんなで家にお邪魔していい？」

「えっ？　いいけど何のために？」

「さすがに哲彦《てつひこ》くんが群青《ぐんじょう》チャンネルをどうするつもりか、確認しなきゃ。先生たちがどんな意見を言ってきて、哲彦《てつひこ》くんがどうまとめたかの情報共有も必要だし。ハルがいつ部活を引退するかとかも聞いておきたいし、モモさんがハルの卒業と同時に高校をやめる可能性だってあるでしょ？　これほど大事《おおごと》になっているからこそ、今日中に話しておいたほうがいいと思うの」

「そうね。学校だと目立つし……そういうことなら」

白草《しろくさ》は頷《うなず》いた。

陸《りく》が上腕二頭筋を盛り上がらせた。

「了解しました。放課後、全員可知《かち》先輩の家に集合ってメッセージ入れておきます。何時ごろ集まれるかも確認しておきますね」

「ありがと、間島《まじま》くん」

陸《りく》がスマホにタッチしていると、碧《みどり》がテーブルに頬杖《ほおづえ》をついた。

「アタシ、半年死に物狂いで受験勉強してこの高校に入ったんですけど、白草《しろくさ》さんたちと一緒に部活できるのって、考えてみれば半年ないんですね」

「碧《みどり》ちゃん……」

「ま、当たり前のことなんですけど、なんだかこんな話題をしていると、ちょっと寂しいなって思って」

現在は六月も下旬。

普通の部活では高校三年生は夏休みごろに引退する。

一年生と三年生が一緒に活動するのは四か月程度だ。

残る月日は、もう二か月を切ろうとしていた。

「そうね、もう少しこのバカ騒ぎも悪くない……私もそう思うわ」

白草《しろくさ》の声が室内に静かに広がる。

誰も賛同の声を上げなかった。

言わずとも知れたことだ。そういう意味での沈黙なのだと、皆、わかっていた。

＊

——同時刻、第一会議室。

今、教師たちは一枚の紙に目を通していた。

哲彦《てつひこ》が先ほど配った紙だ。

「先生たちが心配しているのは、オレたちが問題を起こさないかどうかでしょう？　もし問題が起こらないという保証があるのであれば、末晴《すえはる》や真理愛《まりあ》ちゃんの存在はこの学校の名前を高める。それは決して悪いことではないはずです」

紙には『ショートムービーコンテスト』と書かれていて、募集要項や概要とともにコレクトを始めとした大企業の名前がずらりと並んでいた。

「オレは群青《ぐんじょう》同盟の卒業イベントとして、ショートムービーのコンテストへの参加を企画しています。一流企業が後援を務める、立派なイベントです。まあ演劇部や吹奏楽部が全国大会へ行くような感じで受け止めてもらえるとありがたいです。これ自体は問題ないですよね？」

哲彦《てつひこ》の問いに、教師たちは視線を交わし合った。

「まあ確かに、同じＷｅＴｕｂｅへのアップロードでも、コンテストのルールに基づいたものだし……」

「活動がこれだけであれば、な」

教頭が言った。

「このコンテストをダシにして配信を活発にしていたら、何の解決にもなっていないが？」

「教頭先生、お話はこれからです。もう少しお聞きください」

哲彦《てつひこ》の丁重な口調での威嚇に、教頭は眉間に皺《しわ》を寄せた。

「まず、これからこのコンテストに向けたムービー撮影に専念するため――群青《ぐんじょう》チャンネルの配信を停止します」

「っ！」

波紋のように段々と驚きが会議室を広がっていく。

一拍置いて、ざわっ、と会議室がどよめいた。

「まあ当然ですよね。映画を撮るため、役者は練習が必要ですし、道具の制作、準備なども大変です。そのせいで配信している暇なんてありませんよ」

いたって正論だが、今まで哲彦《てつひこ》にかき乱されてきた教師たちは素直に受け取れず、不穏な空気が残っていた。

「本当に、配信しないのか？」

「コンテストの宣伝動画くらいはあげさせてもらいたいものです。その宣伝動画については、先生たちのチェックが済んだものしかアップロードしない……それなら何の問題もないでしょう？」

「まあ……確かに……」

それなら生放送などと違って、不確定要素は潰せる。

「エンタメ部継続の条件として、末晴《すえはる》と真理愛《まりあ》ちゃんの群青《ぐんじょう》同盟からの引退が候補に挙がっていると、生徒会長から聞きました」

「私としては常々、君の引退も条件に入れたほうがいいと言っているが」

教頭の攻撃的な眼差《まなざ》しに、むしろ哲彦《てつひこ》は笑った。

「あの二人に並ぶほどの重要人物と見ていただいて光栄です」

「くっ……」

「さて、皆さんいかがでしょうか？　群青《ぐんじょう》チャンネルは今後、卒業イベントとしてショートムービー制作に全力を尽くします。配信もムービーの広報に限定されます。その後、現三年生が卒業すれば、今ほどの影響力は確実に出ません。そうなると……考えてみてください。末晴《すえはる》は卒業後、芸能活動をすると公言しました。おそらく真理愛《まりあ》ちゃんも女優の人生を歩むでしょう。二人の知名度と実力からすれば、日本を代表するスターになる可能性だってあります」

ざわざわ、と教師たちがささやき合う。

哲彦《てつひこ》は続けた。

「つまり――ですね。うちの学校には丸末晴《まるすえはる》と桃坂真理愛《ももさかまりあ》というスターを輩出し、しかも活動に協力的だった開明的学校って評判だけが残る可能性があるってことです。これは駅に看板を設置したり、ＣＭを打ったりするよりずっと強力な宣伝活動ですよ。だから先生たちには、電話番をする人員を増やすなど、今だけは何とか乗り越えていただきたいです。オレたちがショートムービーへの専念を公表すれば、騒ぎは段々と落ち着いていくでしょう。どうです？　悪い話じゃないと思うんですが？」

「可能性、と言ったな」

教頭が鋭く切り込んだ。

「ええ。二人がスターになれるかどうかまでは誰もわからないので」

「なら未来、二人がスキャンダルを起こし、学校の評判が落ちる可能性もあるということだな？」

「そうですね」

ケロッと哲彦《てつひこ》は言った。

「それを言うなら、穂積《ほづみの》野高校の全卒業生に同じことが言えますが？　立派な大学に進学したからといって、学者や一流企業に就職する保証などなく、犯罪をしないという保証もない。だからさっき聞いて欲しいと言ったんです。末晴《すえはる》の言葉を。進路相談は先生のお仕事でしょう？あれだけ真剣に夢を目指そうとする生徒を、先生が信じられないと言うんですか？」

「…………」

教頭は眼鏡の位置を中指で直した。

「ショートムービーの内容は？」

「近々脚本を提出します。以前から可知《かち》に執筆を依頼していましてね。彼女の書き下ろしになります」

「おおっ！」

「文学畑の可知《かち》が書いているんです。きっと先生たちのお気に召す内容だと思いますよ」

それでもまだ教頭は表情を崩さない。

「内容は後で確認しよう。スタッフは学内の人間だけでやるのか？」

「そうですね。一部機材などを外部からレンタルしたりするのは認めてください」

「具体的なスタッフには？」

「確定事項として、監督はオレがやります。カメラマンは浅黄玲菜《あさぎれな》。主人公に丸末晴《まるすえはる》、ヒロインに桃坂真理愛《ももさかまりあ》。その他の役や準備は群青《ぐんじょう》同盟全員で。ただいかんせんエンタメ部は新入部員採用に制限が加えられたため、部員が少ないです。そのため通行人や大道具など、人員が必要な場合に限っては、学内から援助を受けるかもしれません」

「学内の援助とは？　その部分も具体的に言え」

「エンタメ部に入部こそできなかったが、協力的で人格的にも大丈夫そうな一年生や、真理愛《まりあ》ちゃんのファンクラブのメンバーなどです。これは部として各個人に頼むもので、他の部活に迷惑をかけるつもりはありません」

「………」

「…………」

「…………」

会議室は静寂に包まれた。

教頭の横にいる、身体《からだ》の丸《まる》い老人――校長が口を開いた。

「教頭先生、甲斐《かい》くんはだいぶ私たちが納得できるだけの内容を用意してくれたように思いますが」

教頭は腕を組んで黙った。

そして数秒後、顔を上げた。

「卒業イベントまではわかった。厳重に監視させてもらうが、今の内容ならいいだろう」

「ありがとうございます」

「しかし、まだ懸念《けねん》はある」

「……どこがでしょう？」

「甲斐《かい》、お前は随分『ドッキリ』が好きなようだな」

哲彦《てつひこ》はしれっと視線を逸《そ》らした。

「それは過去の行動や今日の生放送を見ても明らかだ。それを考慮すると、そもそも卒業イベント自体が『ドッキリ』なんじゃないか？」

「コンテストに参加しないとでも？」

「私が今、一番疑っているのは三年生が引退しない可能性だ。わざとらしく『卒業イベント』と言っておきながら、コンテストでまた知名度を上げておいて、ファンからの要望が大きいから引退できないなどと手のひらを返すのではないか？　そうなったら今日の話はその場しのぎということになるが」

「それは確かに……」

「甲斐《かい》くんならやりそう……」

コソコソと話す教師たちに哲彦《てつひこ》は冷めた視線を向ける。

それだけで教師たちは震え上がり、慌てて口をつぐんだ。

「──そういう心配をされることは予想していました」

哲彦《てつひこ》はシャツの胸ポケットから折りたたんだ一枚の紙を取り出した。

校長と教頭の前まで歩み寄り、その紙を差し出す。

教頭は哲彦《てつひこ》に警戒を示しつつ、そっと紙を開いた。

「なっ！」

「どうですか？　世の中に百パーセントのものなどないかもしれませんが、教頭先生が心配した、オレが手のひらを返すことだけはありえない保証になるでしょう？」

「これは――」

校長の声が震える。

教師たちの視線が一枚の紙に集まっていた。

それを理解している校長が、紙をみんなに見えるように掲げた。


「――退学届だ」

退学届はすべて記入済みであり、保護者氏名の部分は甲斐清彦《かいきよひこ》の名前と印鑑が押されていた。

「「「「えっ！」」」」


動揺する教師たちに、哲彦《てつひこ》はゆっくりと語る。

「ショートムービーが公開されるまでは在校生でいたいので、日付は未来のもの――コンテストの日にさせてもらっています。どうです？　これならオレが群青《ぐんじょう》同盟から引退することの証明になるでしょう？」

ざわつく場。

しかし哲彦《てつひこ》の一瞥《いちべつ》で、瞬時に誰もが口を閉ざした。

「何かを得るために何かを捨てなければならないのって、当然のことでしょう？　オレは先生たちが納得できる材料を用意してきたつもりです。ですが、論理的な根拠ではなく、信用ができないって理由でオレの邪魔をするなら、退職届を持参してから来てくれませんかね？——でないと、オレの覚悟と釣り合わないので」

哲彦《てつひこ》は会議室の中央で立っているだけだった。

ただそれだけで教師たちを圧倒している。

この生徒の才覚が他の生徒と一線を画していることは、教師たちも自覚していた。

だがそれ以上に——


——覚悟の桁が違う。


それをまざまざと見せつけられ、畏怖するレベルに到達していた。

あれほど異論を唱えていた教頭でさえ声が出せずにいる。

勝負は、決したのだ。

チャイムが鳴った。

昼休み終了のお知らせだ。

「先生たちにご理解いただけたみたいで幸いです。では、午後の授業があるので失礼します」

それだけ言って哲彦《てつひこ》は立ち去っていく。

その勝手な行動を、誰も止めることができなかった。

＊

激動の生放送は終わっても、その日はまだ終わらない。

群青《ぐんじょう》同盟のメンバー全員が白草《しろくさ》の家に集合したのは、午後五時のことだった。

リビングのソファーでくつろぐメンバーに、メイド服姿の紫苑《しおん》が紅茶を配っていく。

配膳が落ち着いたところで口火を切ったのは黒羽《くろは》だった。

「で、哲彦《てつひこ》くん。先生たちとはどういう条件で落ち着いたの？」

哲彦《てつひこ》はこう語った。

――卒業イベントとしてショートムービーを制作し、コンテストに出ること。

――ショートムービーに注力するため、群青《ぐんじょう》チャンネルの更新は停止すること。

――ショートムービーの宣伝動画はオッケーだが、先生のチェックが入ること。

末晴《すえはる》がうーんとうなった。

「ま、妥当なラインっていうか、俺とモモが強制引退じゃない分だけ助かるってのが正直な感想なんだが……」

「なんか文句あるのか？」

「いや、お前らしくないっつーか、妙におとなしいっつーか」

「意味わかんねーよ」

「ショートムービーを俺たちの集大成にするってのはよくわかるんだが……なんかやっぱお前らしくないよな」

「もうちょっと言語化しねーとわかんねーよ」

「ハルの言ってることとわかるなぁ」

黒羽《くろは》は目の前の紅茶に口をつけたが、舐《な》めてすぐにカップを皿に戻した。

「哲彦《てつひこ》くんっていつも目的を複数用意して行動するタイプでしょ？　なのに今回だけは一つだけに見えるし、それが部活としてまっとうな映画制作とか、違和感バリバリ」

「一つのことに懸けるってのが、この男らしくないのよ。私に随分前から脚本を依頼してきたときから感じていたけれど」

白草《しろくさ》は紅茶に口をつけ、満足げに頷《うなず》いた。

そして同じものを飲んだはずの黒羽《くろは》が苦い顔をしたことに、肩をすくめた。

「じゃあお前らはオレと一緒に映画を作らないってのか？」

哲彦《てつひこ》のいらだちを受け、末晴《すえはる》が言った。

「そうは言ってないだろ？　でも隠しているもんがあるなら言えって言ってんだよ」

チラッと玲菜《れな》が哲彦《てつひこ》の表情をうかがう。

それを哲彦《てつひこ》はさらりと無視した。

「んなもんねぇって。それより末晴《すえはる》、お前はこの映画制作で群青同盟《ぐんじょうどうめい》を引退していいのか？」

その場にいる全員が無理やり話を変えたことに気がついていたが、新たな話題も話し合いが必要なものであったため、誰も口を挟まなかった。

「何でそんなこと聞くんだ？」

「卒業後に芸能界に行くなら、知名度は高いほうがいいだろ。お前は受験勉強しなくてよくなったんだから、卒業するまで群青同盟《ぐんじょうどうめい》に居座りてぇんじゃないかなって思ってよ」

「あー」

末晴《すえはる》は腕を組んだ。

「進学しない代わりに就職活動っていうか、事務所探さなきゃいけないしな。どうなるかわかんねぇけど、在学中から多少活動するかもしれないし」

「誘いは来てねーのか？」

「実のところ、肇《はじめ》さんのところから来てる。今日、生放送で公言したから、もしかしたら他からも来るかも」

「絶対争奪戦になりますよ。末晴《すえはる》お兄ちゃん、窓口をちゃんと用意してます？」

「いや、まだ。俺、モモみたいにSNS活動してないから、総一郎《そういちろう》さんに相談しようかな、と」

「妥当な対応だな。じゃあ、真理愛《まりあ》ちゃんはどうするんだ？」

哲彦《てつひこ》が目線を真理愛《まりあ》に向けた。

真理愛《まりあ》は紅茶に息を吹きかけて冷ました。

「モモは末晴《すえはる》お兄ちゃんの卒業と同時に、高校を中退。その後、末晴《すえはる》お兄ちゃんと同じ事務所に入ろうかと」

「モモ、せっかく高校に入ったんだし、友達もできたんだ。卒業までいたらどうだ？」

「それも考えました」

真理愛《まりあ》は玲菜《れな》を横目で見た。

「でも、友達とはいつでも連絡が取れますし、モモも最前線から遠ざかるのが長くなると、勘が鈍って末晴《すえはる》お兄ちゃんに置いてかれてしまいます。何より――」

真理愛《まりあ》は紅茶で喉を潤すと、末晴《すえはる》の目を見た。

「モモは末晴《すえはる》お兄ちゃんが好きなので、離れたくないんです」

「っ……！」

末晴《すえはる》が赤面し、黒羽《くろは》と白草《しろくさ》の背後から嫉妬の炎が燃え上がる。

場の空気が急速に悪化するが、真理愛《まりあ》は一切気にせずカップを皿に置いた。

「三年生が引退した後はちゃんとモモが部長をしますよ。それで年度末までに次に繋《つな》がるような体制を整備しておきます。どうでしょうか？」

「ひとまず文句はねぇな」

「『ひとまず』……ね」

黒羽《くろは》は修飾語に引っかかったが、それ以上掘り下げはしなかった。

陸《りく》が手を挙げた。

「あ、そうだ！　テツさん！　今日の生放送で、おれらにもマスコミが接触してくる可能性があると思うんすけど、気をつけることとかってありますか？」

「映画については『期待していてくれ』、その他のことは『ノーコメント』で統一な」

「了解っす！」

陸《りく》は敬礼した。

次に手を挙げたのは碧《みどり》だ。

「映画って白草《しろくさ》さんの脚本なんですよね！　アタシ読みたいです！」

「甲斐《かい》くん、そろそろいいかしら？　この前、完成稿になったはずだけど？」

哲彦《てつひこ》は頷《うなず》いた。

「そうだな。今日帰ったら、オレから全員に原稿を送る。明日じゃさすがに無理だろうから、明後日《あさって》までに一度読んでおいてくれ。それからすぐにスタッフ決めの会議を行う」

「スタッフ決めって言っても、お前、だいたい決めてるんだろ？」

末晴《すえはる》が後頭部で手を組み、ソファーにもたれかかる。

「まあな」

「じゃあ今日、原稿と同時にお前の想定を一緒に送っといてくれよ。そっちのほうが想像しやすい」

「わかった、今から超特急で作る。可知《かち》、そこのテーブル借りるぞ？」

「どうぞ」

哲彦《てつひこ》はカバンからノートパソコンを取り出すと、少し離れたところにある食事用のテーブルに移動した。

黒羽《くろは》がふぅとため息をついた。

「じゃあ話が一区切りついたところで――モモさんに聞きたいことがあるんだけど？」

「そうね。小一時間くらい問い詰めたいことが溜《た》まっているわね」

黒羽《くろは》と白草《しろくさ》がふふふ、と不気味な笑いを浮かべる。

しかし真理愛《まりあ》は一切動じず、にっこりとほほ笑んだ。

「ええ、いいですよ。モモもお二人と『対等』……いえ、全国の視聴者を味方につけ、**圧倒的有利な立場**になってしまいましたから、憐《あわ》れなお二人の話にいくらでもお相手して差し上げましょう」

「ああ、そう。急に余裕ぶっちゃうんだー。それって負けフラグだよねー」

「珍しく志田《しだ》さんに賛成ね。応援者の数で勝ちだと思っているところが無様だわ」

「ひぇぇっ……」

陸《りく》が全身をガクガクと震わせながら、ドン引きする。

現実逃避気味に距離を置く末晴《すえはる》を、碧《みどり》が肘で小突いた。

「スエハルさぁ、とんでもないことになってるけど、明日からどうすんだよ？　お前はテレビ局から直接ここに来てるから知らねーだろうけど、アタシら学校抜けるのも大変だったんだぜ？」

「まー、なんとかなるだろ」

「お前、時々めちゃくちゃ楽観的だよな……」

「こういうのってみんな、すぐ忘れられるから気にしちゃ負けだろ」

「経験者は語るってか」

「そんな偉そうなもんじゃねぇけど、俺も忘れるのは得意だからな！」

「いや、ホント自慢できることじゃねぇって、それ」

少し離れたところから、哲彦《てつひこ》はメンバーたちが会話する光景を横目で見ていた。

そしてノートパソコンに文字を打ちつつ、考えていた。

（やっと、だ）

やっと――

――舞台は整った。

人材、知名度、影響力……あらゆるものが、今、ようやくこの手の中にある。

（あとは完成に向けて突き進むだけだ）

思わず笑みがこぼれ落ちる。

突き進んだ果てにあるのは、成功か、破滅か――

長年待ち焦がれた決着は、手の届くところに迫っていた。

エピローグ

＊

——話は少し巻き戻る。

ドラマ『永遠の季節』の最終回放送が終わったときのこと。

俺は志田《しだ》家で志田四姉妹《カラフルシスターズ》とソファーに座って一緒に見ていたのだが、エンディングが終わり、ＣＭになっても四人は黙りこくっている。

なので俺は冗談めかして言った。

「おいおい、何か反応してくれよ？　そんなに俺の演技ダメだったか？」

「……逆だよ、ハル。良すぎたから、この子たちは動けないの」

黒羽《くろは》がゆっくりと、諭すように言う。

「映画を見終わった後、素晴らしい映画だと呆然《ぼうぜん》としちゃうことあるでしょ？　それと同じ」

「まあ、それなら嬉《うれ》しいけど……」

とはいえ、ＣＭも流れているのでそろそろ戻ってきて欲しいものだ。

いつも笑顔でいる碧《みどり》も、蒼依《あおい》も、朱音《あかね》も——妙に真剣な顔のまま固まっている。

「ハル、ドラマが始まる前の話に戻るけど」

「ああ、進路の話な」

「こんなの見ちゃったら、誰だってわかるよね。役者の道に進むんでしょ？」

重大な決断をしたつもりなのに、さらっと言われてしまった。

俺はバツが悪くて後頭部を掻《か》いた。

「クロにはさ、高校受験でいろいろ力になってもらったし、沖縄旅行のときをはじめとして、毎回勉強教えてもらっていたから、悪いと思ってるんだが——」

「それはいいよ。あたし、見返りを求めてハルに勉強を教えていたわけじゃないし」

「クロ……」

「あたしはね、ハルが勉強から逃げて、行きたい大学がないから役者を目指すって後ろ向きな決断をして欲しくなかっただけ。役者になりたい、行きたい大学もある、それでどちらにしようか悩んで役者を選んだなら、それ以上嬉《うれ》しいことはない」

俺はなんて素晴らしい幼なじみを持ったのだろうか。

理解があるだけじゃなく、俺の人生がより良いものになるよういつも助けてくれる。

その優しさに、思わず鼓動が高鳴った。

「でもまあ、今日のドラマ見たら、役者選ぶしかないよね？」

「そう見えたか？」

「この演技ができて、役者を選ばずに大学へ行くって言いだしたら、あたし、もうちょっと考えてみたらって言っちゃったかも」

蒼依《あおい》が無言でコクコクと何度も頷《うなず》く。

朱音《あかね》は会話に入ってきた。

「ハルにぃはもう完全にプロの領域。今日のドラマでは、プロの中でも一段抜けてた。別の分野に行くのは才能の損失になると思う」

「まー、アタシもアカネに賛成ー」

碧《みどり》がぶっきらぼうに言った。

「お前、マジであっちの業界の人間なんだって、アタシにだってはっきりわかったよ。お前が役者ってことに違和感バリバリのアタシがこう思うんだから、視聴者の人の多くもそう思ったんじゃね？」

「だといいがな」

「大丈夫ですよ、はる兄さん」

蒼依《あおい》はあいかわらず天使のような微笑《ほほえ》みを浮かべている。

「こんなに凄《すご》いはる兄さんが、うまくいかないはずありません。それに万が一くじけても、うちに遊びに来ればいいですよ。わたし、はる兄さんが癒やされるよう、頑張っちゃいます！」

グッと蒼依《あおい》が脇を締める。

うん、可愛《かわい》い！　やっぱりこの子天使だ！

ただ、俺を癒やすために何を頑張ってくれるのだろうか……。いかがわしいことではないと思うが、発言が無垢《むく》すぎて妄想の余地が出てきてしまうのが怖い……。まあ、どのような行動だろうと、その健気《けなげ》さだけで癒やされることは間違いないだろう。

「大学は十年後に入ることもできるじゃないですか。何も問題ないですよ」

「ありがとな」

蒼依《あおい》の優しさに心が洗われるように感じた。

そのときふと、思い出す。

そういえば瞬《しゅん》社長も同じようなことを言っていた、と。

『もちろんシダちゃんがいろんな才能を見せてくれれば、金額は倍、いや三倍もあり得るね。そうなると三年と言わずともずっと芸能界をやってもいい。もちろん三年で一億稼いで、スパッとやめるのもあり。それだけの貯金があるなら、それから大学に行ってもいいよね』

言い方はムカついたが、あの人はあの人なりの現実を語っていて、間違った論理じゃなかった。

天使のような蒼依《あおい》と、金の亡者《もうじゃ》のような瞬《しゅん》社長の言葉が一致するときがあるなんて、世の中不思議なものだ。

「でも、寂しいですね……。はる兄さんが凄《すご》く遠い存在になっちゃう感じがして……」

沈黙が降りてくる。

朱音《あかね》がクイクイッと俺のシャツを引っ張った。

「ハルにぃ、また遊びに来るよね？ ワタシと遊んでくれるよね？」

普段は機械チックな朱音《あかね》が涙目になってすがってくる。

俺は朱音《あかね》の頭をゆっくり撫《な》でてやった。

「当たり前だろ。撮影で外食が増えるかもしれないけど、そんな飯ばっかり食ってたら栄養偏っちまうしな」

「……なら、そのときはワタシがご飯を作ってあげる」

「ホントか？」

「うん、腕を磨いておく」

朱音《あかね》は黒羽《くろは》と違って、舌は悪くない。腕も悪くないのだが、やたら細かすぎたりして料理が上手とは言えない状態だ。

他人に興味が薄い朱音《あかね》が俺のために頑張ろうとしてくれている。

その思いやりが嬉《うれ》しかった。

「嬉《うれ》しいよ。ありがとな」

俺がまた髪を撫《な》でてやると、朱音《あかね》は嬉《うれ》しそうに頬を擦《こす》りつけてきた。

碧《みどり》が聞いてきた。

「スエハル、事務所とか決まってんのか？」

「いや。ただ、肇《はじめ》さんから誘いは来てる」

「肇《はじめ》さんって、阿部肇《あべはじめ》だろ？　その名前がさらっと出てくるの、びっくりするんだが！」

「収録の打ち上げのとき、声かけてもらっただけだって。あそこ、肇《はじめ》さんが社長だから」

「元いた事務所は？」

「瞬《しゅん》社長には俺、ワインぶっかけたことあるからなー」

「あー」

「その後さ、大学の学園祭絡《がら》みで直接話して多少考え方を理解したけど、やっぱり性格合わないってわかったし。ニーナおばちゃんが復帰するならともかく、あの人とやれる気はしねぇなー」

「じゃあ就職活動みたいなことすんのか？」

「んー、そのことなんだけどな。明日俺、昼の情報番組の生放送に出るだろ？」

「らしいな」

「そこで高校卒業後に役者の道に入りたいってことを言わせてもらうことになってんだ」

碧《みどり》は目をパチクリさせた。

「マジか～。よくやるな～。それって営業活動みたいなもんか？」

「ま、その意味もあるんだが、メインは俺なりの筋の通し方っていうか、一度覚悟を決めたんだから、迷わないように退路を断つって意味を込めて、な」

「は～、こりゃしばらく先週より騒がしくなりそうだぜ～」

碧《みどり》はやれやれと言わんばかりに額を叩《たた》いた。

「ということはハルと、とうとう離れちゃうね」

ぽつり、と黒羽《くろは》がつぶやいた。

「小学校どころか、幼稚園やその前からず～っと一緒にいたけど……ついに来ちゃったか、って感じだね」

「クロ……」

俺にも寂しさはあった。

俺が行くところには、いつも黒羽《くろは》がいてくれた。

バカな俺を、黒羽《くろは》は常に助け、カバーしてくれた。

だからこそ半身を失うような恐ろしさがあった。

「幼なじみって、弱い関係だよね」

「……そんなことないって。俺たち、たくさん思い出があるし、これからも作ればいいだろ？」

「でも別々の場所で生きるようになって、それぞれが忙しくなると、たぶんあっという間に目の前のことだけで手いっぱいになっちゃうよね。たまにこんなこともあったなーとか思い出すこともあるだろうけど、現実に呑《の》み込まれちゃうんだろうな」

黒羽《くろは》が言っていることは、とても悲しいことに感じた。

でもきっと、無視してはいけない真実なのだ。

「ハルが芸能界を選んだことで、あたしたちとハルの距離は確実に遠くなる。代わりにモモさんとは近くなる。可知《かち》さんはその中間ってところかな？　ほら、『永遠の季節』は夢と恋で悩むお話だったでしょ？　ハルはどうやって折り合いをつけていくんだろうね」

「……クロ」

黒羽《くろは》は腕を伸ばし、膝の上に乗せていた俺の手を握った。

「――できれば卒業までに、告白の回答を聞かせて欲しいな」

妹たちもいる場で、黒羽《くろは》は堂々と言った。

当然黒羽《くろは》が俺に告白したことは碧《みどり》も蒼依《あおい》も朱音《あかね》も知っている。

でも黒羽《くろは》は姉という立場もあり、妹たちの前で恋愛の話を好まなかった。

なのに口に出したことで、その覚悟のほどがうかがえた。

「たぶん卒業までに聞かせてもらえないなら、あたしが報われる可能性は限りなく低くなるだろうから」

こんなことを言わせてしまったという後悔が俺に残った。

本当は待たせてしまっている俺から切り出さなければならない話題だ。

心苦しい気持ちになりながら、俺は告げた。

「もっと早く決めるって、約束する」

「別に焦《あせ》らなくても……」

「今の状態がいいわけじゃないって、俺も思っているから」

気まずい空気が流れた。

碧《みどり》は不機嫌そうにそっぽを向き、蒼依《あおい》は顔を曇らせ、朱音《あかね》はどこか苦しそうな表情をしている。

物事には永遠などない。

楽しい日々にも終わりが近づいていた。

＊

――さて、阿部充《あべみつる》が今回の一連の騒動でどのような動きをしていたか。

末晴《すえはる》たちはまず、ドラマ『永遠の季節』の撮影現場を見学した。それが終わった後、真理愛《まりあ》の家にみんなで赴き、末晴《すえはる》は演技の練習をしていたが、同時刻、現場近くに残った哲彦《てつひこ》と玲菜《れな》は阿部肇《あべはじめ》と交渉を行っていた。

その翌週の土曜に末晴《すえはる》のみ撮影。この日はうまくできなかった末晴《すえはる》だが、翌日の日曜の最終回撮影は成功し、それからテレビ放送まで一か月ほど時間は空いている。

そしてドラマの十一話――最後のシーンに末晴《すえはる》が出てくる話が放送され、さらに次の週に最終回が放送。その翌日に末晴《すえはる》と真理愛《まりあ》は昼の情報番組に出演していた。

この中の群青《ぐんじょう》同盟メンバーがドラマ『永遠の季節』の撮影見学をした日のこと。

阿部充《あべみつる》は群青《ぐんじょう》同盟がドラマの撮影見学に来ることを父から聞いていた。なので話を聞こうと思って家で待っていた。

遅い時間に帰ってきた父を出迎えると、肇《はじめ》は真っ先に哲彦《てつひこ》の名前を出した。

「彼――甲斐《かい》くんといったかな。お前が面白い後輩と言っていた意味がわかったぞ」

充《みつる》は、まず末晴《すえはる》の名前が出てくると思っていた。

なぜなら父肇《はじめ》と末晴《すえはる》は大河での共演経験があり、今日の群青《ぐんじょう》同盟の見学も、久しぶりのドラマ出演である末晴《すえはる》のためのものだったからだ。

なのに今日まで面識がなかった哲彦《てつひこ》の名前が出てくるのは意外過ぎた。

「甲斐《かい》くんと何かあったの、父さん?」

「まあ収録後、少し話をな」

「どんな?」

「やけに食いついてくるな」

「彼の行動に興味を持っていてね。いろいろ調べたんだ。一応、父さんにどんな話をしたのか予想はついているんだけど、答え合わせをしたくて」

「俺が聞いた内容は、群青《ぐんじょう》同盟のメンバーだと、おそらく浅黄玲菜《あさぎれな》ちゃん以外は知らない」

「だろうね」

「なぜ彼女以外知らないとわかる?」

「二人は腹違いの兄妹《きょうだい》だよね? 甲斐《かい》くんの復讐《ふくしゅう》の何分の一かは、浅黄《あさぎ》さんのためでもある。甲斐《かい》くんは他人に秘密を知られたがらないけれど、身内だからこそ唯一計画を知っている。そうでしょ?」

「……そこまで知っていたか」

肇《はじめ》は嘆息した。

「なら彼のために、聞いた話は秘密にできるな?」

「もちろん」

興味本位だけではない。自分は彼の味方だ。彼の名誉を必ず守る。

そういう想《おも》いを込めて──頷《うなず》く。

「わかった」

そうして語られた内容は、充《みつる》にとって大きく意外なものではなかった。

「……やっぱり父さんの持つ株に興味があったんだ」

「彼はどうして充《みつる》づてに交渉してこなかったんだろうな？　学校の先輩の父親──それならまあ、関係は遠くても縁がないわけじゃない。今回、丸《まる》ちゃんと共演できたのは偶然だ。縁を頼らず、俺といきなり交渉してきた意味が、よくわからないんだ」

「それが甲斐《かい》くんだよ」

充《みつる》は断言した。

「彼は人を利用するし、嘘《うそ》もつく。でもね、お願いはしない。少なくとも僕に対してお願いをしてきた経験はないな。丸《まる》くんなら、お願いされた経験があるかもしれないけど」

充《みつる》が伝え聞いた限りでは、哲彦《てつひこ》が『本気でお願いした』と言える行動をしたのは一度だけ。末晴《すえはる》がハーディ・瞬《しゅん》に誘われて事務所へ行くことになった際、一緒に連れて行って欲しいと言ったときのことだ。

「彼はかなえたいことがあるとき、交渉をするんだ。それほど人を頼りにしていないし、信用していない。なんでも自力でやろうとする。そんな彼を見ているうちに、僕は彼がどこまで行けるか見てみたくなってね。そうやって眺めているうちに、彼はこんなとんでもない影響力を持つところまで来てしまった。だから僕は彼を認めているし——面白いと思っているんだ」

「なるほど……だから、か」

「何が？」

「彼は俺の前に来たとき、叔父と玲菜《れな》ちゃんを連れて来ていた。で、俺は当然、叔父のほうがメインだと思うだろ？　でも彼はこう言ったんだ。『これはすべてオレから始めたこと……叔父さんはオレのサポートです』ってね」

その言い方が、充《みつる》は引っかかった。

「父さん、もしかしたら甲斐《かい》くんは、学校を退学するんじゃ……」

「俺はそこまで詳しいことは知らん。ただ可能性は十分あるだろうな」

「総一郎《そういちろう》さんなら知ってるかな？」

「ああ、あいつのほうが深くかかわってるからな。知っているかもな」

父との会話を終えると、充《みつる》は自室に戻り、総一郎《そういちろう》にメッセージを送ってみた。

するとすぐに総一郎《そういちろう》から電話がかかってきた。

「充《みつる》くん、その想像をシロや群青《ぐんじょう》同盟のメンバーに話したことはあるかな？」

「いえ、ありません。そもそも、この推測は人に話すようなものではないと考えています」

「……ならいいが」

「ということは、僕の推測は当たっていたってことでいいですか？」

「…………」

「僕は甲斐《かい》くんの味方です。彼の不利益になるようなことはしません。不利益になることをしたくないからこそ、今、どのような状況にあるかを知りたいんです。もう退学することを学校に連絡しているんでしょうか？」

数秒の沈黙の後、総一郎《そういちろう》が深いため息をついた。

「まだ出してない、と聞いている」

「まだ、ということは……」

「彼は今回のドラマ出演で、マルちゃんがかつての全盛期に匹敵するほどの話題を作ると予測し、期待している。そうなると何が問題になる？」

「それは……学校でしょうね。今までなんとかごまかしてきましたが、丸《まる》くんが全盛期に匹敵するほど話題になれば、限界を超えてしまいます」

「そうだね。彼はその際に切るカードとして、自身の退学届を使うつもりだ。どうせやめるんだから、うまく使いたいって言っていた」

「甲斐《かい》くんらしい発言ですね……」

退学届は学生にとって、ある意味最強のカードだ。

まず覚悟の強さが自然とわかる。加えて彼ほどの問題児だ。学校側と無関係になると示すのは、教師たちを安堵《あんど》させることだろう。

「聞かせていただいてありがとうございました」

「改めて確認するが、私と彼との信頼関係にかかわることだから——」

「はい、このことは誰にも言いません。白草《しろくさ》ちゃんにも」

「ならばいいのだが」

電話を切る。

充《みつる》はつい笑えてきてしまった。

「甲斐《かい》くんの影響を受けたかな……。僕も嘘《うそ》がうまくなったもんだ……」

散々大根役者と叩《たた》かれたのに、カメラの前以外なら意外と通用する。

総一郎《そういちろう》との話で嘘《うそ》をついたのは、たった一つ——

『はい、このことは誰にも言いません』

これだけだ。

白草《しろくさ》に言わないことも本当。

哲彦《てつひこ》の味方であり、彼の不利益になるようなことはしないのも本当。

だから当然、群青同盟《ぐんじょう》のメンバーには言わない。

でもそことは違う場所に重要な人物がいる。

絶対にこのことを知らなければならない最重要人物が。

総一郎《そういちろう》がその視点を持っていないことは間違いなかった。

なぜなら哲彦《てつひこ》は絶対に彼女との関係を語ろうとしないだろうから。

自分が知っているのは、哲彦《てつひこ》と彼女の接点を調べたからだ。

もう一人知っている可能性があるのは玲菜《れな》だが、この話題は哲彦《てつひこ》の逆鱗《げきりん》に触れる部分だ。誰より哲彦《てつひこ》に近い玲菜《れな》は、哲彦《てつひこ》を怒らせたくないため、きっと動かないだろう。

（これは汚れをかぶってもいい、僕がやるべきことだ）

哲彦《てつひこ》は退学することを、彼女に知らせていないに決まっている。

でも哲彦が幸せになるには、彼女には知らせる必要があるのだ。

そうと決まれば、準備を整えていかなければならなかった。

＊

それから阿部《あべ》は慎重に動き始めた。

まずドラマが放送されていない状態では、末晴《すえはる》は大きな話題になっていない。学校で問題視されていないのなら、退学届は提出されていないと見ていいだろう。

哲彦《てつひこ》は退学届というカードの出しどころを狙っていた。

秘匿しておいて、突然出すからこそ効果は高まる。

哲彦《てつひこ》の邪魔をしたくない阿部《あべ》は、不審な行動を慎まなければならなかった。万が一にでも情報が漏れ出ては哲彦《てつひこ》に顔向けできない。

同時に〝彼女〟に情報を漏らしたと、哲彦《てつひこ》にバレるわけにはいかなかった。

もし準備が整う前にバレてしまえば哲彦《てつひこ》は怒り狂い、へそを曲げ、幸せになるための道を捨ててしまうかもしれない。

だからこそそっと計画を立て、進めた。

何よりもまず必要だったのは〝彼女〟の連絡先だった。

阿部《あべ》は〝彼女〟の連絡先を知らなかった。学校に行けば〝彼女〟に会えるが、目立つことは確実だ。そうなるとあっさりと哲彦《てつひこ》の耳に入り、企てはバレてしまうだろう。

学校にいる知人の中で、確実に連絡先を知っているのは白草《しろくさ》だ。

だから別件を装《よそお》って聞き出すことにした。

話題として選んだのは、白草《しろくさ》がもっとも好むだろう末晴《すえはる》のドラマ出演のことだ。しかも七年ぶりにドラマに出るタイミング――十一話放送日の近くなら、話しかけるきっかけになるし、白草《しろくさ》も上機嫌で話を進めやすいだろうと考えた。

ただ十一話の放送日は群青《ぐんじょう》チャンネルで生放送配信を行っている。

なので阿部《あべ》はその翌日に白草《しろくさ》と連絡を取った。

「丸《まる》くん、凄《すご》いね。ラスト一分に出演しただけでこれほど話題になるなんて」

「そうなのよ、充《みつる》先輩！　スーちゃんは本当に凄《すご》いの！」

生放送でもどっぷり末晴《すえはる》の演技に浸《つ》かっていた白草《しろくさ》だが、まだまだ末晴《すえはる》の凄《すご》さについて語り足りなかったらしい。

たっぷりと一時間半、白草《しろくさ》の熱弁を聞いた後、阿部《あべ》はさらっと切り出した。

「今日さ、丸《まる》くんが高校に入るところを狙って、SNSで動画が多く出てたでしょ？」

「私はチェックしてないけど、そうみたいね。生徒会長が上げた写真もすぐにバズったって帰《かえ》り際《ぎわ》に聞いたわ」

「実は僕の事務所の人が高校を映した動画の中で、ある子を見つけてね。連絡を取りたがっているんだ。僕はOBだからさ。その子を見せられて知ってるか聞かれたんだ。そうしたら白草《しろくさ》ちゃんの知り合いで。だからもしよければ連絡先を教えて欲しいと思って」

「それって志田《しだ》さん？」

「いや、違うよ」

阿部《あべ》はその事務所の人が信頼できる人であること、あくまで仕事を頼みたいだけで、万が一危ないことに巻き込まれそうなら自分が守ることを付け加えた。

「まあ充《みつる》先輩がついているなら――」

そう前置きをして、白草《しろくさ》は連絡先を教えてくれた。

「でもあの子、そういうの向いてないと思うの。拒否したら事務所の人にすぐ諦めさせて」

「もちろん。彼女に迷惑をかけないことを約束するよ」

こういう準備を少しずつ整え、ドラマの最終回が放送。

その翌日、阿部《あべ》は授業をさぼり、末晴《すえはる》と真理愛《まりあ》が生放送出演する昼の情報番組を自宅で見ていた。

『――わたしは……末晴《すえはる》お兄ちゃんを愛しています！』

『俺は高校卒業後、大学へは進学せず、役者に戻ることを希望しています。事務所は決まっていませんが、一から頑張るつもりです。もしよろしければ、応援よろしくお願いします』

ドラマ『永遠の季節』最終回の反響はSNSを見るだけでも凄《すさ》まじかった。

加えて二人の生放送中の告白は、さらに騒動を加速させ、とんでもない事態に発展することは間違いなかった。

また同時に、後輩の女の子から、哲彦《てつひこ》が職員会議に呼び出されているとの情報が入ってきていた。

阿部《あべ》は確信した。

(たぶん甲斐《かい》くんが退学届を出すのは今日だな)

ならば自分が動くのも、今日がいいと思った。

阿部《あべ》は白草《しろくさ》から聞き出した連絡先にメールを打った。

できる限り誠意をもって書いたつもりだが、不審がられないだろうか——と心配していたが、返事はあっさりときた。

『阿部《あべ》先輩、初めまして。お名前はかねがね白草《しろくさ》さんから聞いています。今日の放課後空いていますので、ご都合のいい場所や時間を指定いただければ、わたしから赴きます』

ありがたい返答に、阿部《あべ》は学校から少し離れた場所を指定した。もちろん高校生の彼女にお金の負担をかけるのは悪いと思い、かかった交通費はこちらで払うと伝えた。

それから数時間後——

学校から三駅離れたところにある、巨大な公園。

午後五時だが、六月の陽《ひ》は長い。まだ辺りは明るく、太陽はアスファルトを焦がしている。

ベンチに座って待っていると、音もなく彼女は現れた。

「阿部《あべ》先輩、ですね……」

小柄でぽっちゃりとした体格。見るからに人が良さそうで、鋭さが目立つ白草《しろくさ》とは正反対に、控えめで尖《とが》っている部分が見当たらない。

そのせいか印象が薄かった。彼女自身が気配を殺そうとしているように感じるほどだ。

阿部《あべ》は立ち上がって挨拶した。

「初めまして、阿部充《あべみつる》です。突然声をかけたのに、来てくれてありがとう」

「初めまして、峰芽衣子《みねめいこ》です。白草《しろくさ》さんから、お兄さんみたいな人って聞いていたので……」

たぶん彼女はおっとりとしたタイプだ。

しかし今の彼女は、やや焦《あせ》っているように見えた。

きっとそれは、彼の名前を出していたからだろう。

「あの、テツくんが大変なことになっているって、どういうことでしょうか……？」


——テツくん。


親しげな呼び方。

おそらく哲彦《てつひこ》をそう呼ぶ人物は彼女しかいない。

哲彦《てつひこ》の過去を探ることで見えてきた、最重要と言える人物。

それが峰芽衣子《みねめいこ》——彼女だ。

「テツくんの身に、何が起こっているんですか……？　白草《しろくさ》さんに内緒でって、どういうこと

なのでしょうか……？　お願いです、教えてください……っ！」

必死で、献身的で。

わずかな会話だけでも、どれだけ芽衣子《めいこ》が哲彦《てつひこ》に心を砕いているかがわかる。

でも今まで二人が会話していると、白草《しろくさ》から聞いたことがない。

二人の道はどこかですれ違い、そのままでいる。

——哲彦《てつひこ》の行動原理は『復讐《ふくしゅう》』と『幼なじみ』。

復讐《ふくしゅう》は当然、父親であるハーディ・瞬《しゅん》に対して。

そしてもう一方。

哲彦《てつひこ》がもっとも隠し、触れられることを嫌う、一番心の柔らかい部分に深くかかわっている少女。

そう、彼女こそが——

——哲彦《てつひこ》の『幼なじみ』だ。

あとがき

どうも二丸《にまる》です。

おさまけもついに十一巻となり、二丸《にまる》が執筆した小説は累計二十冊となりました。ここまで執筆できたのも応援いただいている皆様のおかげです。ありがとうございます。

さて、今回ラストでようやく出てきた哲彦《てつひこ》の『幼なじみ』は一巻のときから裏設定として用意していたものでした。ただ一巻発売当時は二巻が出るかどうかすらわからなかったので、編集にも裏設定は伝えていましたが、『まあ続刊できたら使えるといいな』ぐらいでした。

二丸《にまる》は過去の打ち切り作品も含め、全作品で後に使えたらいいなと思って記載する伏線や設定を『地雷』的に置いといて、続けば回収するということをしています。今まで全回収をできたのは『女の子は～（以下略）』だけなのですが、おさまけでもできそうで本当に嬉《うれ》しいです。

哲彦絡《てつひこがら》みは二巻時点でほぼすべて方向性は固まっていました。そのためアニメ収録一話の際、監督や声優さんにメモみたいな感じで『こういう裏設定があり、こういう展開を予定します』と伝えてありました。ようやくそのメモにまでたどり着けていることが、感慨深いです。

他にもタイトル『幼なじみが絶対に負けないラブコメ』をどういう意味でつけたかについて、ようやく伝えられそうで安心しています。

これはよく『ヒロイン全員が幼なじみだからこのタイトル』と勘違いされてしまっているのですが、当初からその意図はなく、編集とジョークとして話していた内容でした。たぶんそういう認知をされてしまったのは『ヒロイン全員幼なじみ！』というセリフがあったCMの影響だと思います。放送前チェックで『事実そうだが、タイトルの意味を勘違いされそうで怖い』と伝えたのですが、さすがにできたものをボツにすることもできず、そのまま放送されました。結果、誤った認識が予想以上に広まってしまい、会う人から聞かれても説明するとネタバレになるので苦笑いしかできず、おかげでCM放送終了後、YouTubeにも掲載されないというオチになってしまいました……。なお、誤解されたものはしょうがないので掲載してもいいと思いますよと伝えたのですが、いまだ掲載されておらず、逆に貴重なCMとなっております。タイトルの意味や哲彦《てつひこ》の謎も執筆していきますので、最後までついてきてもらえると嬉《うれ》しいです。

最後に、ずっと応援してくださっている読者の皆様、ありがとうございます。編集の黒川《くろかわ》様、小野寺《おのでら》様、イラストのしぐれうい様、本編コミカライズの井冬《いとう》先生、ありがとうございます。そして四姉妹の日常の葵季《あおき》先生、完結まで本当にありがとうございました！

また、おさまけに協力いただいているすべての皆様に感謝を。

二〇二三年　二月　二丸《にまる》修一《しゅういち》

次回予告

OSANANAJIMI GA ZETTAI NI MAKENAI LOVE COMEDY

役者は揃った。

あとは突き進むだけだ。

不審な行動を繰り返してきた哲彦。

そのすべてがついに明かされる。

「テツくん……」

「メイ……」

テツくんとメイ。隠された幼なじみの関係。

その果てにある復讐。

二人はどこですれ違ったのか。

卒業イベントであるショートムービー制作。

それはまさに群青同盟の

集大成と言えるイベントだった。

哲彦は笑う。

「――さぁ、

復讐の始まりだ」

NEXT VOLUME

SHUICHI NIMARU PRESENTS

哲彦がずっと積み重ねていたものが今、結実する。

その果てにあるのは、栄光か、絶望か。

「オレはずっと、この日を待っていたんだ……っ！
革命は、ついになった……っ！」

哲彦の野望の先にあるものとは。そして群青同盟はどうなるのか——

「なぁ、末晴——
お前はオレの味方になるのか？　敵となるのか？
今すぐ答えろよ」

群青同盟のいちばん長い日

幼なじみが絶対に負けないラブコメ 12
VOLUME:TWELVE

近日発売予定！

本書に対するご意見、ご感想をお寄せください。

ファンレターあて先
〒 102-8177　東京都千代田区富士見 2-13-3
電撃文庫編集部
「二丸修一先生」係
「しぐれうい先生」係

本書は書き下ろしです。

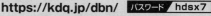

電撃文庫

幼《おさな》なじみが絶対《ぜったい》に負《ま》けないラブコメ11

二丸修一《にまるしゅういち》

2023年6月10日　初版発行

発行者　山下直久
発行　株式会社KADOKAWA
〒102-8177　東京都千代田区富士見2-13-3
0570-002-301（ナビダイヤル）
装丁者　荻窪裕司（META＋MANIERA）
印刷　株式会社暁印刷
製本　株式会社暁印刷

●お問い合わせ
https://www.kadokawa.co.jp/（「お問い合わせ」へお進みください）
※内容によっては、お答えできない場合があります。
※サポートは日本国内のみとさせていただきます。
※ Japanese text only

※定価はカバーに表示してあります。

ISBN978-4-04-914808-4　C0193　Printed in Japan

電撃文庫　https://dengekibunko.jp/

電撃文庫創刊に際して

文庫は、我が国にとどまらず、世界の書籍の流れのなかで〝小さな巨人〟としての地位を築いてきた。古今東西の名著を、廉価で手に入りやすい形で提供してきたからこそ、人は文庫を自分の師として、また青春の想い出として、語りついできたのである。

その源を、文化的にはドイツのレクラム文庫に求めるにせよ、規模の上でイギリスのペンギンブックスに求めるにせよ、いま文庫は知識人の層の多様化に従って、ますますその意義を大きくしていると言ってよい。

文庫出版の意味するものは、激動の現代のみならず将来にわたって、大きくなることはあっても、小さくなることはないだろう。

「電撃文庫」は、そのように多様化した対象に応え、歴史に耐えうる作品を収録するのはもちろん、新しい世紀を迎えるにあたって、既成の枠をこえる新鮮で強烈なアイ・オープナーたりたい。

その特異さ故に、この存在は、かつて文庫がはじめて出版世界に登場したときと、同じ戸惑いを読書人に与えるかもしれない。

しかし、〈Changing Times,Changing Publishing〉時代は変わって、出版も変わる。時を重ねるなかで、精神の糧として、心の一隅を占めるものとして、次なる文化の担い手の若者たちに確かな評価を得られると信じて、ここに「電撃文庫」を出版する。

1993年6月10日
角川歴彦